偵探俱樂部

探偵倶楽部

東野圭吾 著

王蘊潔 譯

KEIGO HIGASHINO 東野圭吾 作品集——10

導讀——

乘著風兒拐個彎，偵探版圖中的幾片清新風景

暨南大學推理同好會顧問／余小芳

一九五八年出生於日本大阪市的東野圭吾，少年時代閱讀小峰元《阿基米德借刀殺人》而深受啟發，此後又翻看松本清張《點與線》、《零的焦點》等知名著作，於是在學生時代便有樣學樣地創作起小說來，只是當時作品遭受同儕嫌棄而暫時擱筆。就業之後，其仍撰寫推理小說，多次投稿以長篇推理為號召的江戶川亂步獎。

從《人形たちの家》投稿落選，隔年《魔球》入圍卻未能獲獎，直至一九八五年以青春校園推理的《放學後》叩關，和森雅裕《莫札特不唱搖籃曲》一同獲得第三十一屆江戶川亂步獎的殊榮，東野圭吾風光地步入文壇。

出道時一炮而紅，卻難以保證日後能平步青雲。雖然得獎後下定決心辭去工作而專心寫作，東野圭吾卻在家喻戶曉之前，不斷與大小獎項錯身而過。幸虧其多年來寫作不輟、努力不懈，對於寫作之途未曾放棄且勇於挑戰各式各樣的題材與創意。

把東野圭吾的作品劃分成早期、中期到近期，從解謎性、社會性和劇情性等三大元素來談，不同時期各元素的比例大不相同，不過大抵上的故事基礎都是立基於現實社會之上。早期作品強調智性解謎，喜愛啟用校園為背景或採用年輕人當小說主角，對於密室或其他不可能犯罪的詭計構成情有獨鍾；中期權衡解謎性和劇情性的同時，導入了社會性，闡述一些社會議題，對於犯罪動機和人性色彩的描繪亦漸次加深；而近期的作品以劇情性為主軸，創造強大的故事情節，同時適度地融合謎團和巧思。

本書出版於一九九〇年，原名為《委託人的女兒》（即《依頼人の娘》），後才更題為《偵探俱樂部》（探偵倶楽部），由短篇作品集結而成；日後除了改編成漫畫作品以外，近來亦發行電視劇，由谷原章介、松下奈緒領銜主演。

偵探角色身著黑衣，行動敏捷卻又飄忽，所服務的對象為上流社會的權貴人士，採取會員制度，充滿神秘性質。專門偵辦相關案件的設定有著復古的味道，但男偵探與女助理沒有名字，形象不甚明顯，對其外貌和作風亦無特殊描述，和先前以名偵探為首的推理小說大相逕庭。

達許．漢密特筆下有個行動力十足的無名偵探幹員，馬克．貝姆亦創生令人為之心碎的守護者。然而本書的偵探不走強化行動力及個人魅力的冷硬派路線，亦無意名列古典偵探的青史。

小說中的遊戲性、鬥智性和娛樂性十分明顯，小品類型的作品，劇情相對之下較為薄弱，於錯綜複雜的登場人物、犯罪時間和手法之內，通過拼湊、推敲和重組等方式還原真相。淡化偵探的個人性格和描寫，主要的書寫對象便成為每則篇章中所出場的人物，主要目的除了隱匿犯罪動機，人物關係的重新構成亦是書寫重點，因此常於本來所認定的事實之後，有著以細膩線索為支持證據的謎底翻轉，使讀者感到驚喜與過癮。

閱讀推理小說好比是觀看不同的大地風光，我們於旅途中冒險，追求令自己身心舒暢、為之傾心的景致，有時敗興而歸，有時心滿意足。乘著風兒拐個彎，景色可能便大不相同，本書重視純粹的解謎，未有坊間充斥的腥羶色劇情，著實為偵探版圖中的幾幕清新秀美之風景。

・目錄・

偽裝之夜

1

眾人在緊張卻又略微害羞的氣氛中乾了杯。幾個小時前，就已經決定由胖子營業部長帶領大家乾杯，順利完成重大任務的營業部長用白色手帕擦著額頭上的汗珠，回到原來的座位。

「辛苦了。」一個三十出頭的高個子男人在一旁小聲對他說。

他穿了一套合身的深藍色三件式西裝，乍看之下會以為是銀行行員，不過他雙眼發出的銳利目光卻無法掩飾。他的名字叫成田真一，是大型連鎖超市老闆正木藤次郎的祕書。

「還好嗎？」營業部長問成田，「沒有出差錯吧？」

「當然沒有問題，簡直太完美了。」成田嘴角浮現笑容，「簡直就像達文西的畫一樣完美無瑕，沒有任何缺失。」

「謝謝。」營業部長顯得心滿意足。

這是二月的某一天，慶祝正木藤次郎喜壽的祝壽會正在正木家的和室盛大舉行。這場有五十多名賓客參加的祝壽會，主辦人是藤次郎的女婿，也是副董事長正木高明。此刻，高明正坐在藤次郎身旁，不停地為他斟酒。

不僅是高明，正木家親戚中的男人都在藤次郎的公司內擔任不同職位，因此，藤次郎貫徹著名副其實的獨裁式領導。想在這家公司出人頭地，首先必須獲得藤次郎的賞識。

剛才帶領大家乾杯的營業部長也是藤次郎的外甥。

「那些主管都乘這個機會拚命向董事長推銷自己。」坐在末座喝著啤酒的年輕男人竊聲對旁邊和他年紀相仿的男同事說。

他們都是上司的跟班，才會出現在今天這種場合。

「那當然，因為公司大大小小的人事都是由董事長的一句話拍板定案。」

「副董事長在董事長面前也不敢造次。」

「他當然不敢造次，副董事長旁邊不是坐著一個穿和服的女人嗎？她就是董事長的千金，副董事長是入贅的女婿。」

「專務不也是董事長的兒子嗎？」

「那是董事長的親生兒子，但和副董事長夫人是同父異母的姐弟。專務正木友弘是董事長的第二任太太生的，聽說第二任太太生病死了，想必是被精力旺盛的董事長操死的。」

兩個年輕男子在會場的角落偷瞄著正木藤次郎。那個一頭白髮、個子瘦小的男人正是藤次郎，坐在他身旁中等身材，微微挺著發福肚子的男人正是高明。他泛著油光的額頭有一種活力充沛的感覺。

藤次郎的另一側坐了一個三十左右的女人，她身穿白色禮服，一邊吃著菜，一邊傾聽著藤次郎和高明聊天，頭髮盤在頭頂，不時露出的笑容和不經意的動作都散發出風情萬種的妖媚。

「那個美女是誰？」那兩個年輕人中的其中一個問道。

「你不認識她？她是董事長夫人，新來的，應該算第三任了。」

「董事長夫人？他們年紀差太多了吧？」

今天是藤次郎的壽宴，他已經七十七歲了。

「有錢能使鬼推磨，新任董事長夫人應該算準了董事長最多活不了十年吧。」

「原來是這麼一回事，但我沒聽說董事長的第二任太太死了，他們離婚了嗎？」

另一個男人更壓低了嗓門說：「去年就聽說他們分居了，但離婚的話，對方可能會獅子大開口，要求一大筆贍養費。三億，不，恐怕至少要付五億。」

吁——另一個男人吹起了口哨。

「簡直是天文數字。不過以董事長的財力，只不過是九牛一毛而已。」

「話是沒錯啦，只不過董事長是鐵公雞，雖說前一任董事長夫人要求的贍養費很合理，但他恐怕不甘心付這筆錢，搞不好作夢也會哭出來。」

「這麼說，新任董事長夫人等於是花五億圓買來的。」

「每個人的價值觀不一樣，不過，如果花了五億圓買回家，卻發現自己那話兒不聽使喚，那才是欲哭無淚啊！」

「他已經七十七歲，很有可能喔！」

呵呵呵！兩個年輕男人發出猥褻的笑聲。

負責主持這場祝壽會的成田看著手錶，又看了看節目表，確認分毫不差後，點了點頭。他覺得如果連這點小事也會出差錯，就太不像話了。

「辛苦了。」

有人拍了拍他的肩膀。對方個子不高，但體格壯碩，聲音也很宏亮，給人一種強勢的感覺。男人把酒杯遞到成田面前。

「正木專務，太不敢當了。」

成田跪坐著，用好像量角器量過的正確姿勢欠身致意後，拿起了手上的酒杯，接受正木友弘為他斟酒。

「我姐夫把我爸侍候得真好。」友弘看著始終黏在藤次郎身旁的高明，語氣中充滿了嘲諷和懊惱。

「副董事長向來很熱心。」友弘發出詭異的笑聲。

「原來他向來很熱心，這也難怪，只要我爸稍微不高興，不管是副董事長還是專務，馬上就得拍屁股走人。」

友弘又拍了拍成田的肩膀後，拿著酒杯走向其他客人。

此話不假——成田看著他遠去的背影想道。董事長在一念之間，就可以輕易革掉專務的職任，因為藤次郎經常對成田說，能取代專務職位的人多得是。況且，目前公司的主管階級幾乎都是靠人脈關係，根本不是靠實力贏得目前的職位。

然而，高明在高階主管中卻與眾不同，雖然他原本和正木家沒有任何淵源，但藤次郎賞識他的才華，才讓他成為入贅女婿當自己的左右手。

「雖然友弘是我親生兒子，但高明才是我的接班人。」

藤次郎平時經常將這句話掛在嘴上。

祝壽會過了一半，會場的氣氛漸漸開始鬆散時，末座附近的紙拉門突然打開，一個身穿和服的肥胖女人衝了進來。藤次郎的大老婆文江怒目環視宴席，別說是認識她的人，就連不認識她的人也被她的氣勢震懾，說不出話了。

文江在所有人屏氣斂息的注視下，緩緩走向藤次郎，她的親生兒子友弘叫了一聲「媽」，但她頭也不回。

她來到藤次郎面前時，仔細打量了他的臉，然後跪坐下來。

「找我有什麼事？」藤次郎盤著腿，拿著酒杯，用低沉的聲音問道。

他面不改色，不愧是經過大風大浪的人。

文江從皮包拿出一張折得整整齊齊的紙，放在自己面前。

「這是你要求的離婚申請書，我今天幫你送過來。」

會場一陣騷動，但隨即鴉雀無聲。

「媽，妳何必在這個節骨眼……」高明在一旁插嘴道。

但藤次郎制止他說：「沒關係。」然後又叫了祕書的名字，用下巴指了指文江帶來的紙。

成田恭敬地走上前來，拿起那張紙，遞給藤次郎。藤次郎打開後看了片刻，滿意地點點頭，交給成田。

「明天你趕快去辦理。」然後，又轉頭看著文江說：「謝謝妳送來，贍養費我會請人匯進妳的帳戶。」

「麻煩你了。」文江面無表情地欠了欠身。

「既然來了，要不要吃一點再走？今天有不少難得一見的菜色。」

「不，我先走了……」

「這樣啊……」

文江再度欠了欠身後，站了起來，在所有人的注視下，邁著沉穩的腳步離開了。即使紙拉門關上，她已經消失無蹤，現場的氣氛仍然尷尬不已。

「成田。」藤次郎叫道。

「是。」

「我回房休息一下，大家繼續玩，再多叫點酒。今天可以玩得晚一點，大家好好熱鬧一下，如果因為這點小事心情就受到影響，就太可笑了。」

「遵命。」

成田回答時，內心覺得好笑，可見董事長也因為此事受到了不小的打擊。

文江的出現讓祝壽會的氣氛一度尷尬，過了一個小時，在追加了酒菜、開始唱卡拉OK後，又漸漸恢復原本的熱鬧。高明走到成田身旁，問他是不是該結束了。成田一看手錶，發現快九點了。

「不用請董事長過來嗎？」
「還是請他來露一下臉好了，可不可以麻煩你跑一趟？」
「好。」
成田離開宴席，沿著長長的走廊，走向藤次郎的書房。
來到書房門口時，成田敲了兩次門，厚實的敲門聲從拳頭傳向身體，但房間內沒有人應答。
——奇怪。
成田轉動門把，但門鎖住了，打不開。
「董事長。」他稍微提高了音量。
藤次郎最近有點耳背，如果他睡著了，恐怕要很大聲才能叫醒他。
然而，房間內還是沒有動靜，成田走回宴席，走到一臉不耐地聽著別人唱卡拉ＯＫ的江里子旁，把情況告訴了她。
「對啊，最近他耳朵不好，真是急死人了，他真是老了。」江里子押了押盤起的頭髮，仰望著成田。
「妳有鑰匙吧？」
「有是有……好吧，我跟你一起去。」

她也起身跟在成田身後。

「我問你，」來到走廊上時，江里子在成田的耳邊竊聲問：「那個計畫……怎麼樣了？」

「妳說話也要看地方，小心隔牆有耳。」成田直視前方說。

「別擔心，這裡沒人——他已經順利和前妻離了婚，等我正式成為他的妻子後，你馬上就會著手辦這件事吧？」

「不能馬上，否則會引起懷疑。半年……不，至少要忍耐一年。之後，才偽裝成疾病身亡……我是這麼打算的。」

「一年？太久了！」

「妳要忍耐，只要撐過這個節骨眼，就可以享受一輩子了。」

「你會和我在一起……對嗎？」

「妳說話太大聲了。」成田訓斥著江里子。

這時，他們已經來到藤次郎的書房門口。

「夫人，那就麻煩妳了。」

成田讓到一旁，江里子向他拋了一個媚眼，把鑰匙插進了鎖孔。

喀噠一聲，門鎖打開了。

「老公……」江里子叫喚著打開門，當她看向室內時，立刻「啊」地倒抽一口氣。

成田也幾乎同時看到了眼前異樣的景象。江里子的身體微微發抖，成田的腿也跟著開始痙攣。

一個人的身體懸在書房的中央，身體緩緩搖晃，不時轉向成田他們的方向。

這時，背後傳來腳步聲，隨即響起高明的聲音。

「怎麼了？董事長還在休息嗎？」

高明站在成田他們的背後看向室內，喉嚨深處立刻擠出一個不成聲的慘叫。

2

「先出去吧。」

成田攙扶著蹲在地上的江里子，推著仍說不出話的高明走出書房。離開時，他關上了燈，以免有人從窗外看到屍體，引發混亂。

「最好把門鎖上。」成田從江里子手上接過鑰匙，鎖上門之後，再把鑰匙交還給她。「先去其他房間考慮一下如何善後，如果在這裡驚慌失措，會引起別人的懷疑。」

「善後……」江里子好不容易擠出聲音。

「等一下再解釋，哪個房間適合說話？」

「去客廳吧，那裡不會有人打擾。」高明回答。

「好，那我們現在就去，然後再來商量對策。」

另外兩個人完全猜不透成田的想法，成田推著他們，快步走了起來。實在太不妙了，必須趕快想辦法——他絞盡腦汁思考起來。

高明和江里子分別坐在兩張沙發上，成田站在可以同時看到他們的位置。門已經鎖上了，高明保證這個房間的隔音效果很好。

「董事長為什麼自殺……」高明喃喃說道。

「他最近有躁鬱症的傾向，再加上前夫人剛才的舉動，可能是一時衝動之下，做了不理智的事。眼前的問題是……」成田看著一臉呆滯的另外兩個人問：「該怎麼辦？」

「怎麼辦？當然是報警啊！」高明嘆著氣說：「木已成舟，瞞也瞞不住了。雖然很不希望媒體知道董事長自殺的醜聞。」

但江里子拚命搖頭。

「不行，這可不行，這絕對不行！」

「為什麼？」高明問。

「因為我還沒有正式成為他的妻子，如果他現在自殺，我一毛錢都拿不到。」

江里子把頭髮放了下來，用手拚命抓著頭。高明不知所措地看著她，隨即撇撇嘴發出冷笑。

「這也是沒辦法的事，妳只能怪自己運氣不好，說起來，也是自作自受。不過，董事長不是加了很多保險，受益人是妳。雖然我不知道具體的金額，但應該超過一億吧？妳就勉為其難地接受吧！」

想到保險金的事，江里子的表情稍微放鬆了。保險金額總共有三億圓——如果成田的記憶沒錯的話。

但成田愁眉不展地宣布：「如果是自殺，必須在購買保險滿一年後，保險金才會理賠。董事長是在去年生日後的兩、三天以江里子小姐的名義買保險，如果目前以自殺處理，江里子小姐將會一毛錢都拿不到。」

正因為這個原因，所以，成田剛才覺得太不妙了。

「所以，我既分不到遺產，也領不到保險金嗎?!」江里子歇斯底里地叫了起來。

「對。」

「不行，這可不行。」江里子再度抓著頭髮說：「我陪那個老頭子將近一年，結果什麼也沒撈到，太過分了。」

「妳運氣不好。」高明的聲音很冷淡。

「對了，」江里子露出求助的眼神看著成田，「能不能偽裝成他殺？這麼一來，就可以領到保險了。」

「這可不行。」成田還來不及回答，高明就開口：「一旦這麼做，警方就會偵辦，反而會把事情搞砸。現在只能看能不能偽裝成意外死亡，這麼一來，既保住了正木家的顏面，妳也可以領到保險金。嗯，這個主意不錯。」

「不行。」成田回答說。他輪流看著另外兩個人的臉，用平靜的口吻說：「不管他殺或是意外身亡都不行。」

「為什麼？」

「因為會露出破綻。」成田直視高明的臉回答，「絕對會露出破綻，無論偽裝得再巧妙，警方都不可能認為上吊自殺的屍體是遭到他殺或意外身亡。只要看繩子的痕跡就一目了然，從瘀血的狀態也可以輕易做出判斷。」

「有這麼簡單嗎？」

「很簡單，雖然自殺或他殺不容易分辨，但判斷絞死或縊死是法醫學的基礎，就連警察學校的教科書上都有寫。」

高明向江里子攤開雙手。

「這就沒辦法了。」

聽到成田的解釋，她對自己臨時想到的主意不再抱有期待，但仍然沒有放棄最後希望。

她看著成田問：「沒有其他方法嗎？」

成田將銳利的雙眼移回高明身上。

「除了江里子小姐的保險金問題，和正木家的面子以外，副董事長，如果目前把董事長的死訊公諸於世，對你也很不利。」

高明訝異地瞇起眼睛望著成田。

「不利……有什麼不利？」

「首先是遺產問題。照目前的情況，文江夫人會繼承二分之一，剩下的二分之一由副董事長夫人和專務平分。」

「為什麼？他們不是離婚了嗎？」

「如果離婚申請書還沒送去市公所就不具有法律效力，這是常識。」

文江答應和藤次郎離婚是有原因的。她哥哥生意失敗，欠下了大筆債務，她想用藤次郎給她的贍養費填補她哥哥的資金缺口，可是一旦藤次郎死亡的消息曝光，她一定會改變主意，取消離婚。

「你剛才說，首先是遺產的問題。」高明一臉謹慎地問成田，「除此之外，還有什麼不利因素嗎？」

「也許是我多慮，」成田看著他先聲明道，「但如果有心，文江夫人可以掌握公司的實權，比方說，她也可以拔擢自己的親生兒子正木專務當董事長。」

「對喔……」高明把目光從成田身上移開，喃喃道。「因為那對母子將繼承我岳父四分之三的財產。」

「這樣你了解了嗎？」

「了解了，」高明用力點頭，「雖然了解，但我們也無能為力啊，還是你有什麼妙計？」

成田輕輕吸了一口氣。

「只有一種方法可以避免這種情況，就是延遲公布董事長的死訊。然後，在這段時間內，讓董事長和文江夫人的離婚生效，之後再把死訊公諸於世。」

「但如果故意隱藏屍體這件事曝光，恐怕也不太妙吧？」

「當然。所以，我們要讓董事長從明天開始出門旅行，在幾天後宣布失蹤。差不多在一個月後再假裝發現屍體。經過這麼長的時間，死亡日期往後挪兩、三天也不會有人發現。地點最好是輕井澤的別墅附近，我記得那裡有一座森林。」

「還是用上吊自殺……的方式嗎？」

成田用力點頭。

「對，在這件事上動手腳太危險，也沒有必要。無論警方和世人都會以為這才是他一個人出門旅行的目的。」

高明抱著雙臂，皺起眉頭看著半空，他可能在思考自己加入這個危險賭博的勝算。成田看向從剛才就目瞪口呆地聽他說話的江里子。

「江里子小姐，妳覺得呢？」

她緩緩抬頭看著他。

「會成功嗎？」

「沒有人能夠保證。不過，只要巧妙拖延，讓人以為董事長三天後還活著，雖然保險公司會調查，但最終應該會付保險金，現在只剩下要不要做的問題。」

「當然要做！」江里子不加思索地回答，「反正失敗了也沒什麼可損失的，不試才虧大了。」

「副董事長呢？」成田問高明。

高明摸了兩、三次自己的圓下巴，用沉重的口吻回答：「恐怕不得不為啊。」

「那就這麼決定了。」成田努力冷靜地說，「所以，現在面臨今晚要怎麼處理的問題。雖然也可以假裝不知道，但最後見到董事長的只有我們三個人這一點不太妥當，必須再找一個證人。」

「我反對，知道祕密的人當然愈少愈好。」成田露出潔白的牙齒笑了笑。

「當然，我無意再增加合作夥伴，也沒有意義。我只是說，必須讓第三者確認董事長還活著。」

「確認董事長還活著？你開什麼玩笑，你也看到了，董事長已經斷了氣。」

「所以嘛，」成田指了指自己的太陽穴，「要動腦筋。」

三個人走出客廳後，再度溜進藤次郎的書房。藤次郎枯瘦的身體好像道具般懸在半空。江里子面向牆壁，不敢看屍體。

「先把屍體放下來。」

「我來幫忙。」

成田和高明兩個人把藤次郎的屍體放了下來。繞在他脖子上的是一條紅白相間的花稍繩子，成田正在納悶是什麼繩子，手一滑，藤次郎的頭撞到了地上。

「小心點，沒事吧？」

「沒事，對不起。」

成田慌忙把屍體抬了起來，這時，看到地上有一個白色的東西。那是藤次郎的門牙，是假牙。成田用空著的另一隻手撿了起來，放進了自己的西裝口袋。

他們把藤次郎的屍體放在房間角落的床上，用毛毯蓋好，接著，成田開始操作連在桌上電話上的錄音機，播放出錄音帶的內容。擴音器中傳來藤次郎沙啞的聲音和男人低沉的聲音，是藤次郎正在和對方談商品通路的問題。

「對方是營業部長，我大致知道他們在談什麼。」高明說。

藤次郎習慣把重要的電話內容錄下來。

「那我把部長的聲音刪除。」

成田小心翼翼地播放錄音帶，刪除了藤次郎以外的另一個男人的聲音。所以，錄音帶內只剩下藤次郎在停頓一定間隔後的說話聲音。

完成之後，成田拿起電話撥到廚房，電話中傳來幫傭麻子的聲音。

「麻子嗎？我是成田。不好意思，請妳送一杯咖啡到董事長的房間。對，一杯就夠了。」

聽到麻子在電話中回答「我馬上送到」後，成田掛上了電話。

「她馬上就來了，快做準備吧。」

所謂的準備——

首先，江里子穿上藤次郎的睡袍，把他常戴的毛線帽深深地戴在頭上。然後，坐在背對著門口的沙發上，微微側著身體，只露出睡袍手肘的部分。
高明坐在斜對面，從門口到江里子的位置有數公尺之遠，站在門口時，會以為藤次郎正在和高明說話。兩個人的腳下放著錄音機。
「太完美了。」成田心滿意足地點頭。
就在這時，傳來了敲門聲。高明打開錄音機的開關，響起藤次郎沙啞的聲音。
成田深呼吸後，打開了門。麻子把頭髮綁在腦後，未施脂粉的臉近在眼前，她的面前飄散著咖啡香味的熱氣。
「我來送咖啡。」
「辛苦了。」
成田回頭看了一下，高明正卯足全力對著錄音帶放出來的藤次郎的聲音演獨角戲。
「再怎麼便宜，品質也不能下降。」藤次郎的聲音說。
「品質不會降低，只是拓展業務而已。」高明說。
「總之，這次也要按照一貫的方式。」藤次郎說。
成田對麻子露出苦笑，伸手準備接托盤，小聲地說：「給我就好。」
麻子微微鞠了一躬說：「那就麻煩你了。」把托盤交給了他。
成田確認麻子離開後，關上了打開一條縫的門。

「辛苦了。」

聽到他的聲音，兩個演員站了起來。

「我好緊張，沒想到和真人的聲音差這麼多。」

「多少有點差別，妳是因為知道是錄音帶的聲音，所以會特別在意，但麻子應該沒發現。總之，我們要趕快善後。」

成田從江里子手上接過睡袍和帽子，隨意丟在沙發上。因為這樣感覺比較自然。

江里子拿起咖啡杯，把還冒著熱氣的咖啡倒在窗外。

「牛奶是白色的，所以容易被發現。」

江里子從旁邊的面紙盒裡抽出一張面紙，把牛奶壺裡的牛奶吸起來後，丟進了垃圾桶。

高明把錄音機放回原來的位置，從裡面拿出錄音帶，然後，隨手拿起桌上其他的錄音帶放了進去。然後，就像在視察各地分店一樣，巡視著房間內。

「應該沒問題了。」

「窗戶有沒有鎖？」

「已經鎖好了。」

「那我們先出去吧。」

三個人走出房間後，江里子鎖了門，三個人直接走向客廳。

九點半剛過。

走進客廳後，成田對高明說：「我們一起回宴席很不自然，副董事長，你先回去，我們幾分鐘後再進去。如果有機會和別人聊天，不妨抱怨一下，說你去看董事長，沒想到又被他逮住聊了半天工作的事。等宴會結束後，我們再去處理董事長的屍體。」

「好。」高明緊張地點頭後，打開客廳門，向外張望後才走出去。

這麼一來，就在新董事長面前立了大功。成田在內心竊笑起來，他並不是因為和正木家沾親帶故才當上董事長的祕書，只是藤次郎個人對他有好感。在高級主管中，有不少人視他為間諜，如今，藤次郎撒手人寰，他搞不好才是最倒楣的。

不僅立了大功，而且還抓到了把柄——對成田來說，這才是他要掩飾老董事長死訊的主要目的。

他走到門口，把門鎖好後，回頭對江里子說：「接下來，只能聽天由命了。」

她無助地走到他身旁，猶如病人般把身體靠在他身上。

「沒問題嗎？」

「沒問題。」成田雙手抓著她的肩膀，溫柔地抱著她。「問題在於妳的決心和勇氣，這決定了一切。」

「我該怎麼做？」

「妳要做很多事，而且有些事並不輕鬆。」成田把身體抽離後，環視房間內。「就讓董事長明天一大早就從這裡出發，所以，要趁今晚做好旅行的準備。」

「等宴會結束後，我馬上開始整理。」

「另外……」成田難以啟齒地停頓了一下，又繼續說道：「董事長要開車去，所以，董事長的車留在車庫的話不太妙。我記得妳會開車？」

「對……」

「不好意思，可不可以請妳開車去輕井澤？」

「開車的話沒問題……該不會……？」江里子的臉上掠過一絲不安。

成田正視著她的雙眼。

「對，希望妳同時載運董事長的屍體。當然，我會先搬到行李箱……妳不必多想，只要開車就好。然後，把車子丟在輕井澤，我之後會去處理。」

江里子的眼中露出困惑、遲疑和恐懼。成田知道要求她這麼做很殘酷，但他仍然沒有移開視線。終於，她下定決心，緩緩地點頭。

「好吧，現在只能豁出去了。」

「那就拜託妳了。」成田再度抱緊了她的身體。

「今天感謝各位在百忙中撥冗參加，託各位的福，董事長心情愉快地度過了生日。董事長原本打算來說幾句話，但他有點累了，所以就不特地來向大家打招呼了……」

高明致詞後，宣布宴會結束。時間剛好十點，賓客紛紛離開，但負責會場的人還要留下來收拾，成田要求江里子開始為董事長做旅行的準備。

「記得把房門鎖好，不要讓任何人察覺。」

「我知道。」她的臉頰微微泛紅。

江里子剛離開，高明的妻子涼子走到成田身旁。

「我爸爸怎麼了？」

「我想應該只是有點累了，他躺在書房的沙發上休息……」

「是喔。」

涼子的視線從成田的臉上移開後，走去和藤次郎房間相反的方向。高明和涼子的房間在走廊的另一頭。

成田確認和室都整理乾淨、大家都離開後，再度走向長廊。他站在客廳前，小聲地敲了敲門。沒有人應答，但門打開了幾公分。門縫中露出高明銳利的眼睛，然後，他走出客廳。

「書房的鑰匙呢？」高明左顧右盼後問。

「在這裡。」成田把剛才江里子給他的鑰匙遞給高明。

「那我們來搬屍體。」高明的聲音有點發虛。

兩個人正準備走去藤次郎的房間時，前方傳來敲門聲。接著，有人叫著：「老太爺。」

高明和成田互看了一眼，有人在敲藤次郎房間的門。兩人急忙趕了過去，看見幫傭麻子正轉動著門把感到納悶。

高明衝過去問：「妳在幹什麼？」

可能他太大聲了，麻子嚇了一跳，渾身緊張，臉色發白地看向他們。

「我要送水壺給老太爺……結果，門鎖住了……」她舉起托盤上的水壺和杯子給高明他們看。

「今晚不用了。」高明揮著右手說。「董事長累了，今晚就不用了。」

麻子不知所措地看了看水壺，又看了看他們兩個人的臉，最後似乎覺得既然是高明的命令，就沒什麼好猶豫的。

「那我可以下班了嗎？」

她是和藤次郎很有交情的批發商的女兒，來這裡算是實習家庭生活，為以後出嫁做準備。她一天最後的工作就是送水壺到藤次郎的房間。

「可以，路上小心。」

聽到高明這麼說，麻子似乎鬆了一口氣，說了聲「那我告辭了」，沿著走廊離開了。水壺和水杯碰撞的聲音也漸漸遠去。

成田一臉不安地問高明：「還有其他人會去董事長的房間嗎？」

「還有一個叫德子的阿婆住在這裡，但她不會照料董事長的事，不必擔心。」

成田放心地點點頭，看著麻子離去的方向，希望她不會覺得自己和高明不同尋常……

這時，成田背後響起了喀嗟的門鎖聲音。

3

翌日早上，正木家亂成一團。

高明、涼子夫妻，他們的長子隆夫、長女由紀子、次女弘美、藤次郎的情婦江里子、祕書成田、幫傭麻子和奶媽德子總共九個人都聚集在飯廳，每個人臉上都露出複雜的表情。

「總之，」涼子瞪著江里子問：「妳直到今天早上才發現爸爸不見了嗎？」

「對。」江里子不甘示弱地揚起下巴回瞪著她。

「昨天晚上呢？宴會結束後，妳沒有去爸爸的房間嗎？」

「我去了，但門鎖上了，他似乎已經睡了，所以我就回自己房間了。」

「是喔。」涼子用冷靜的眼神看著江里子的臉片刻，然後將視線移到自己的丈夫身上。「老公，你最後看到爸爸是什麼時候？」

高明坐在椅子上，抱著雙臂回答：「在宴會的中途。我想他在宴會結束前要對大家說幾句話，就去他房間找他。董事長坐在沙發上抽雪茄，我請他去致詞，他說他累了，讓我代替他說幾句，之後又聊了一下工作的事。那時候，成田和江里子小姐也在。」

「沒錯。」站在高明旁的成田微微點頭後說，「我記得那時候有請麻子小姐送咖啡進去。」

麻子感受到成田的視線，渾身緊張地回答說：「對，我去的時候，老太爺正在和老爺說話。」

「之後，就沒有人再見到爸爸嗎？」涼子環視所有人問。

沒有人回答。三個小孩毫不掩飾臉上的不耐煩，覺得這件事和他們沒有關係。況且，他們也沒有參加昨晚的宴會。

涼子再度看向年輕的幫傭。

「麻子小姐，妳不是每天要送水壺到爸爸房間嗎？」

麻子有點驚慌，隨即吞吞吐吐地回答說：「因為房間的門鎖上了，我敲了門，也沒有人回答。我正不知道該怎麼辦，老爺剛好走過來，說董事長應該累了，今天不用送水壺進去了，後來我就回家了。」

「對，沒錯。」高明附和道。

「這麼說，」涼子思慮深遠地皺起眉頭，看著半空，「爸爸在宴會中途到今天早上之間去了某個地方，但到底去了哪裡……江里子小姐，妳真的什麼都不知道嗎？」

「我不知道。」聽到涼子用責備的口吻問她，江里子有點生氣地回答。

「媽媽，我們可以走了嗎？」這時，長子隆夫代表兩個妹妹問道。「我們昨晚就沒有看到外公，即使外公突然出門，我們也不可能知道他去了哪裡，我們沒必要留在這裡。」

妹妹由紀子和弘美也頻頻點頭，表示同意。

涼子端詳著隆夫他們，或許覺得他們說的有道理，最後，三個孩子都離開了。

「要不要報警？」等小孩子離開後，始終不發一語的奶媽德子提議道。

她在這個家工作已經將近三十年，在某種意義上來說，她的發言權僅次於涼子。

「我覺得先不要輕舉妄動，」涼子說，「爸爸可能去哪裡散心了，再等一下吧。」

「而且，如果員工知道董事長失蹤，也可能對公司的營運造成負面影響。」高明也同意涼子的意見。

最後，大家一致同意再觀察一天。

高明去公司上班，成田仍然留在正木家，用客廳的電話到處打聽藤次郎可能去的地方。當然，他很清楚這種努力是徒勞，但因為涼子一臉擔心地在一旁看著他，況且，如果不假裝努力尋找藤次郎的下落會引起懷疑，所以，他只能繼續演戲。

「是嗎……好，我知道了，謝謝。」

掛上不知道第幾通的電話，成田對涼子搖了搖頭。她輕輕嘆了口氣，垂下眼睛。

「董事長因為工作關係可能去的地方都打聽過了。」

「辛苦了，那我來問一下親戚。」

成田把電話交給涼子，走出客廳後，前往江里子的房間。江里子的房間在二樓，她正不知所措地坐在鋪著地毯的地上。

「啊，成田先生。」她用求助的眼神仰望著成田。

「太出人意料了。」成田嘆著氣，在她的旁邊坐了下來，點了一支菸。「沒想到董事長的車子會故障，他最近這陣子都開公司的車。」

「接下來該怎麼辦？」

「董事長要出門旅行的行李整理好了嗎？」

「嗯。」江里子無力地點頭。

「那之後就沒妳的事了，妳只要繼續假裝什麼都不知道就好。」

「沒想到事情會鬧這麼大，聽涼子說話的口氣，好像早晚會打算報警。到時候，我們的計畫就會被人發現。」

「關於這件事，暫時還不用擔心，副董事長不會讓她這麼做的。」

「那倒是。」

「現在只能走一步、算一步了，妳不想要錢嗎？」

「當然想要啊……」

「那就按我說的去做，總之，我先去市公所。」

必須首先辦妥離婚登記，這是當務之急。

沒想到成田走出江里子房間時，麻子通知他，正木友弘打電話來找他，成田有一種不祥的預感。

果然不出所料，友弘要求他暫時不要去辦理離婚手續。

「這是怎麼回事？」成田努力保持平靜問道。

「是這樣，昨晚回家後，我打電話給我媽，問她真的要離婚嗎？結果，她很後悔，說要再考慮一下。雖然我媽已經在離婚申請書上簽了名，但反正還沒交出去，即使改變主意也沒有問題。其實只要去市公所辦理離婚申請書不受理申請，市公所就不會受理離婚登記，但我想只要向你打一聲招呼，就不必把事情搞得這麼麻煩。」

「原來是這樣。」成田對著電話吞了一口口水，「我知道了。」

「那就拜託了。」

「沒問題。」

成田掛上電話後，覺得被友弘擺了一道。不知道友弘是從剛才成田打電話給公司業務相關的人口中得知了消息，還是從涼子打電話的親戚那裡聽到了風聲，總之，他得知藤次郎失蹤了。既然下落不明，就不能排除死亡的可能性，如此一來，對文江和友弘母子來說，等於是天上掉下來讓他們繼承遺產的機會，所以才突然改變主意。

既然這樣，或許該趁早放棄賣人情給高明的作戰方案，成田盤算著。接下來，只能指望江里子有希望領到的保險金了。

只好豁出去了——

成田再度下定決心。

這天晚上，全家人再度在飯廳舉行了家庭會議，除了早上的九個人以外，友弘和他太太澄江也在。

「小姐，我覺得還是應該報警。」德子對涼子說。

但是高明表示反對。

「從目前的狀況來看，董事長很可能是自己離開了，我不贊成驚動警方。」

「但是，爸爸這麼做有什麼目的？我倒覺得他被人帶走的可能性更大。」友弘說。

對他來說，無論如何都希望盡快確認藤次郎的生死。

「被人帶走？怎麼帶走？這棟房子又不是沒有人。」高明說。

「即使沒辦法強行帶走，也可能是把他騙出去的，我覺得這種可能性相當高。」

「既然這樣，更不應該貿然報警，因為把董事長帶走的人很可能是家人或是很熟的人。」

涼子默默地聽著他們爭論，旁人無法猜測她在思考到底要不要報警，還是在想其他事。

「姐姐，妳有什麼打算？」

正當友弘問涼子時，門鈴響了，好幾個人的臉像被通電般抽搐起來。

「這麼晚了，是誰啊？」高明很生氣地問。

德子拿起了對講機，小聲應對了幾句，走到涼子的耳邊嘀咕了一下。

涼子點了點頭說：「帶來客廳吧。」

「涼子。」

高明不安地看著妻子，但她鎮定自若。高明還想說些什麼，但最後還是閉了嘴。

成田也跟著德子走到門口。

站在門口的是一個身穿深色西裝的高個子男人，他的身旁是一個穿著同色外套的女人。成田猜想男人大約三十五歲左右，輪廓很深的五官看起來不像日本人。那個女人應該不到三十歲，一頭烏黑的頭髮齊肩，有一雙細長的眼睛，雙唇緊閉，毫無疑問是個美女。

「請問夫人在嗎？」男人用宏亮的聲音問道。

德子正準備回答，涼子從裡面走了出來。

「正在等你們呢，請進。」

4

「偵探？」高明驚叫起來。

「只是類似偵探而已，」男人用平靜的口吻回答。「正確地說，我們是一家會員制的調查機構，各位老闆都稱我們為『偵探俱樂部』。」

「我爸也是俱樂部的會員嗎？」

「對。」偵探回答了友弘。「正木董事長曾經多次利用本俱樂部，主要業務是素行調查。」

「我完全不知道這件事。」高明說。

「那當然，」偵探冷冷地說，「讓大家知道的話，就失去了意義。」

「也有尋人的業務嗎？」涼子問，偵探用力點頭。

「這次是董事長失蹤，所以我們會加倍努力調查。」

「喂、喂，姐姐。」友弘露出不耐煩的表情，「妳是真打算委託他們嗎？我認為我們自己去找還比較好。」

偵探用好像機器人般的動作轉頭看向友弘說：「對你們來說，最好的方法就是報警，其次是交給我們處理。容我再多說一句提供各位參考，最糟糕的方式就是根據外行人的判斷貿然採取行動。」

有人噗哧一聲笑了出來，友弘皺起眉頭。

「有你這句話，我更安心了。」涼子面無表情的臉上，只有嘴角微微放鬆，「那就務必拜託你們了。成田先生──」

「是。」

「你最了解爸爸最近的情況，請你協助兩位偵探，提供他們必要資訊。」

「我知道了。」

「喂，涼子，妳是認真的嗎？」高明看著兩位偵探，又看看妻子。

涼子用銳利的雙眼迎接他的視線說：「對，我是認真的。」

成田覺得事態的發展愈來愈詭異，但還是和兩名偵探面對面坐在藤次郎的房間。涼子和江里子也坐在一旁，成田作夢也沒有想到涼子會找偵探調查。

成田之前就隱約察覺到藤次郎委託了某類調查機關，因為他對員工的犯罪行為，尤其是收賄問題敏感得令人驚訝。想到自己的素行也可能遭到調查，他感到一陣寒意穿過背脊。

「首先，」偵探巡視了藤次郎的書房後，雙手在背後交握著，對成田他們說：「我必須告訴你們一件事，根據目前所有的線索研判的結果，藤次郎先生並不是自己離開這棟房子，而是被人帶走的。」

涼子在成田身旁用力吸了一口氣，坐直了身體。

偵探有點在意她的反應，但仍面不改色地繼續說：「關於研判的根據，我等一下會解釋，總之，目前必須考慮的問題，就是誰在什麼時候、基於什麼目的，把藤次郎先生帶去了哪裡？現在，先來分析『什麼時候』這個問題。」

偵探伸直了右手，用食指指著江里子。

「如果是妳，會怎麼推理？藤次郎先生是『什麼時候』被帶走的？」

突然被點名的江里子驚慌失措，連眼眶都紅了，但還是努力鎮定下來。

「我想……應該是深夜吧？」

偵探點了點頭，似乎同意這種推測，然後問助理：「昨晚和今天早上有鎖門嗎？」

成田從剛才就一直很在意這名一身黑衣的女助理，當偵探說話時，她持續觀察著房間內的每一個細節，目前正盯著昨晚就放在牆邊架子上的咖啡杯。

聽到偵探突然發問，女助理不慌不忙地翻開手上的記事本。

「根據剛才向德子奶媽了解的結果，她昨晚十點鎖好了所有的門，今天早上打開門時，和昨晚鎖門時的狀況無異。」她口齒清晰地唸著記事本上的內容。

「其中有沒有可以從外側鎖住的？」

「只有大門，其他的都只能從內側鎖住。」

「很好。」

聽到偵探的回應，女助理再度開始觀察。

「這個房間的窗戶也鎖上了，如果有人在半夜把藤次郎先生帶走，必須從大門走，但是，再怎麼大膽狂妄的歹徒都不可能這麼做。所以，由此斷定歹徒是在十點以前下的手。」

「那是宴會的賓客離開的時間。」涼子說：「賓客中，有不少人是開車來的，也許歹徒就混在其中……」

「這種想法很合理，想把人帶走，車子是最有效的方法。」

「不好意思，」成田仰望著偵探沒有表情的臉說：「到目前為止的這些判斷，即使是外行也可以猜到，沒有人認為有他人入侵這棟房子，把董事長綁走。」

但偵探還是只用不帶感情的聲音說了一句：「我只是從頭開始分析。」然後，又面不改色地繼續說：「最後有人看到藤次郎先生是九點半左右，所以，歹徒應該在這三十分鐘的時間內下的手。但是，歹徒不可能從這個房門把藤次郎先生帶走……不，即使有可能，也太危險了，歹徒不會用這種方法。

「歹徒是從窗戶把藤次郎先生帶走的，如此一來，就不難猜測藤次郎先生當時處於怎樣的狀態。他不是昏了過去，就是被人綁起手腳，總之，不難想像他當時處於無法抵抗的狀態。接下來，我們來推理一下歹徒昨晚的犯罪手法。」

偵探緩緩走到房門口，猛然轉過身。

「假設歹徒參加了宴會，九點半過後，他來到這個房間和藤次郎先生見面。雖然不知道他們兩個人聊了什麼，但顯然在談話時，藤次郎先生讓歹徒有了可乘之機。歹徒乘這個機會用三氯甲烷之類的手法使藤次郎先生無法自由行動，然後，把他弄出了窗外，再鎖上門窗，然後若無其事地回到宴席上。但是，這裡有一個問題，就是門上的鎖……」

偵探說到這裡時，涼子似乎想起了什麼。她突然站了起來，走到藤次郎的書桌前翻找，成田在一旁看著。

「果然不見了。」

「什麼東西不見了？」偵探問。

「鑰匙串，我爸爸所有的鑰匙都掛在那串鑰匙上……」

「也有這個房間的鑰匙嗎？」

「對，當然。」

偵探點點頭，向女助理使了一個眼色，她立刻在記事本上記錄著什麼。

成田暗暗鬆了一口氣，很慶幸之前把那串鑰匙藏起來了，如果找到那串鑰匙，就無法解釋歹徒到底如何離開這個房間。

「鑰匙的問題解決了，那就繼續往下說吧。」偵探輕輕咳了一下，不知道是不是想要發揮什麼效果。「如果歹徒有共犯，應該就是共犯把丟出窗外的藤次郎先生搬到車上。如果是單獨犯案，就是歹徒自己從大門繞到後院，把藤次郎先生搬上了車。總之，最後歹徒混在其他賓客中，離開了這棟房了。」

偵探觀察著各位委託人的反應，他的眼神似乎在問，各位有沒有問題要發問？他的女助理不知道什麼時候站在他的旁邊，低頭看著三位委託人。

「你的推理沒有問題，」成田說：「歹徒應該使用了你說的方法，但從這些推理中可以找出歹徒嗎？」

「我向來不喜歡浪費時間，」偵探的嘴角難得露出一絲笑意，「從剛才的推理中大大縮小了歹徒可能的範圍。首先是從九點半到十點之間曾經在宴席和這個房間之間走動的人，其次是開車的人，最後，就是和藤次郎先生關係很密切的人。」

5

翌日中午過後，成田正在董事長室整理資料，櫃檯通知他說有訪客。

櫃檯小姐壓低嗓門告訴他：「是一個穿黑色西裝的高大男人，他說只要說是俱樂部的人，您就知道了……」

成田感到厭煩，但還是命令櫃檯小姐把訪客帶去接待室，他馬上就過去。

昨晚的偵探面無表情地坐在用簾子隔開的簡易接待室中。他的女助理不在，這件事令成田感到一絲不安，卻故意假裝並不在意這件事。

「查到什麼線索了嗎？」成田隔著桌子在偵探對面坐下，立刻開口問道。

偵探注視著他的臉兩、三秒，意味深長地點了點頭說：「嗯，是啊。」從一旁的皮包裡拿出記事本，和他的女助理拿的是同一款。

「上午的時候，我去了名叫『花岡』的外燴餐廳，就是負責前天宴會料理的那家餐廳，從那裡的店員口中聽到了有趣的消息。」

「有趣的消息？」成田的身體微微僵硬起來。

「對，那名店員在前天晚上九點多時，曾經去收餐具。好像是涼子夫人說，宴會將在九點結束，所以要求他這個時間去收餐具。後來因為宴會拖延了，所以他就等在走廊上。」

「結果呢？」成田催促著他的下文。

聽他這麼一說，成田想起的確好像看到兩個穿著印了餐廳名字店服的男人站在走廊上。

「據店員說，他們原本站在宴席的左側出口等待，發現那個位置會擋住別人去廁所的路，於是，就站到右側。你應該知道，沿著走廊往右側的方向走就是客廳，再前面就是藤次郎先生的房間。」

「所以，」成田搶在偵探之前說：「你的意思是，如果有人離開宴席走向董事長的房間的話，他們一定會看到。」

「你說的對。」

「他們有沒有看到什麼？」

偵探伸出右手，在成田的臉前猛然張開手掌，那是一隻骨感的大手。

「總共有五個人，當時有兩名店員都證實了這件事，在這種情況時，兩個人記憶一致的情況並不多見。」

「總共五個人……」

成田立刻想偷偷計算，但還沒來得及計算，偵探已經開了口。

「幫傭麻子小姐曾經來回各一次，所以算兩個人，之後高明先生經過，又隔了一會兒，一對三十多歲的男女走了過去。他們不知道那對男女是誰，但我推測是你和江里子小姐。」

「你果然明察秋毫，他們可能看到我們從董事長房間走回來。」成田語帶挖苦地說。

但偵探面不改色，並且不帶任何感情地朝成田探出身體。

「如果相信他們的證詞，就代表那天晚上九點半到十點之間，沒有人從宴席走去藤次郎先生的房間。」

「原來如此。」成田內心慌亂起來，但仍用不輸給偵探的鎮定聲音回答說：「事實顯然和你的推理自相矛盾，但是我認為這個問題並不重要，因為歹徒不一定要經過走廊，可以走出大門後，從後院偷偷溜進去。德子奶媽十點多才開始鎖門，可能有哪裡忘了鎖。」

這個問題並不重要，成田又重複了一次。

「在物理上，這種說法確實可以說得通。」偵探說：「但在心理上應該不可能，要找哪裡沒有鎖，需要花費時間，而且也無法確定一定可以找到沒有鎖門的地方。一旦德子開始鎖門，計畫就泡湯了，想要確實帶走藤次郎先生，只能經過走廊，假設發現外燴餐廳的店員在那裡，應該會中止計畫。」

「那歹徒到底用了什麼方法？」成田情不自禁大聲問道。

他開始生氣，為什麼偵探找上自己？

「我不知道。」偵探和成田相反，用更加冷淡的聲音說：「所以，我換一個角度，從歹徒為什麼要帶走藤次郎這個問題下手。」

「我也猜不透原因，這點我昨天已經說過了。」

「我知道，所以，我打算繼續蒐集各種資料……」

說到這裡，偵探從皮包裡拿出一個黑色小盒子，是一台小型錄音機。

「藤次郎先生在書房的電話上接了錄音機，聽說只要是重要的談話，他都會錄下來。」

「呃……是啊。」成田感到心跳加速，手掌滲著汗。

「於是，我想調查一下他最近曾經和誰、聊了些什麼，徵求涼子夫人的同意後，我聽了錄音帶的內容。」

聽到偵探的話，成田鬆了一口氣。偵探似乎還沒有識破自己的詭計。

偵探並沒有注意到成田的情緒變化，打開了錄音機的開關，立刻傳來熟悉的聲音用淡淡的口吻說話，不時出聲附和的聲音就是藤次郎，絕對錯不了。

「這是專務的聲音。」成田說，「他們好像在討論推動促銷計畫會議的日程。」

「再往下聽。」偵探指著錄音機。

「……所以，我認為在下週十號星期二召開推動會議最有效率。」

聽到這裡，偵探猛地關掉了錄音機的開關，然後又把錄音帶倒了回去。

「剛才說是十號星期二吧？」偵探確認道，「最近一次十號星期二的日子是兩個月前，為什麼藤次郎先生現在要聽這捲錄音帶？」

慘了！成田暗自覺得不妙，早知道應該先聽一下錄音帶的內容，但當時沒有足夠的時間……

「這個嘛，」他聳了聳肩，「我就不知道了，要問董事長本人。」

於是，偵探把錄音帶從錄音機裡拿了出來，放在成田面前。

「不好意思，可不可以請你再聽一遍這捲錄音帶？裡面可能隱藏了什麼重要訊息，只是我們無法判斷。」

「好。」成田接過錄音帶，放進西裝內側口袋。

這名偵探果然還沒有發現詭計——

「我會馬上聽，如果發現什麼，會立刻通知你。」

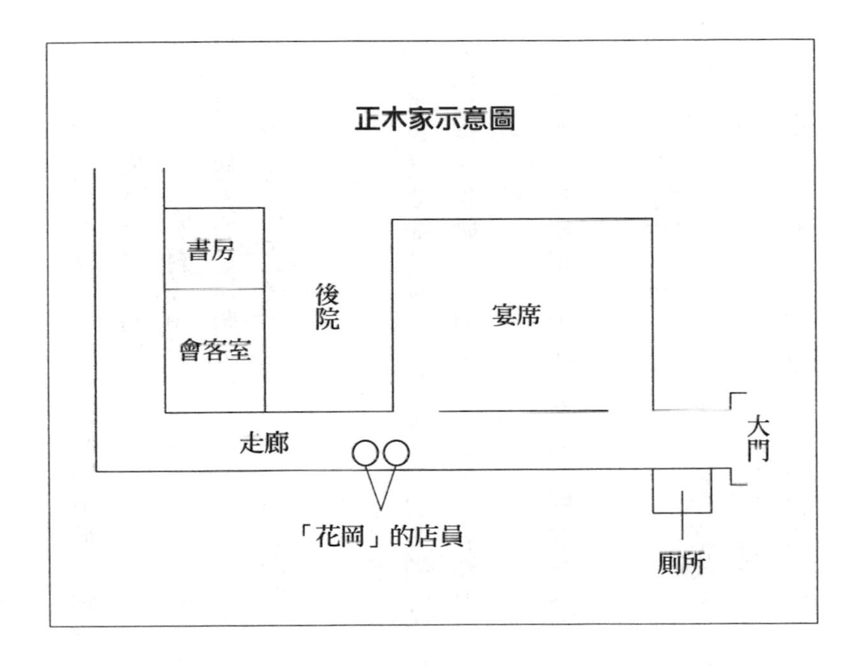
正木家示意圖
書房
會客室
後院
宴席
走廊
大門
「花岡」的店員
廁所

「麻煩你了。」偵探起身為耽誤了他工作時間道歉，轉身走出接待室。

成田走出接待室時，剛好遇到櫃檯的女職員。

她露出制式的笑容後，主動對成田說：「剛才那個人好奇怪。」

「妳也這麼覺得嗎？他真的是怪胎。」

「對啊，在我打內線通知您之後，他又問了奇怪的問題，問我幫董事長泡咖啡是誰的工作。」

「咖啡？」

「我就告訴他，董事長要喝咖啡時，都是請對面的咖啡店送來。然後，他又問我董事長喝的是黑咖啡還是會加牛奶，這種事，我怎麼可能知道……」

快要下班時，涼子打電話給成田，說那名偵探好像有話要說，希望大家今天晚上到場。

「他找到董事長的下落了嗎？」

「好像不是，但他說有重要的事……總之，請你來我家一趟。」

「好。」成田放下電話，看著半空良久，再度拿起後，撥通了江里子房間的電話。

「啊，原來是成田先生，偵探好像發現了什麼線索。」

「我也聽說了，妳知道他找到什麼線索嗎？」

「不知道，但那個女助理一直拉著麻子問東問西的，於是，我就不經意地向麻子打聽了一下，好像是問她那天晚上藤次郎是不是真的在房間裡。」

「麻子怎麼回答？」

「她回答說，的確在房間裡，但偵探好像很懷疑……我們該怎麼辦？」

「不必慌張。別擔心，他們應該沒有掌握到決定性的證據。啊，對了，董事長喝的是黑咖啡嗎？還是會加奶精？」

「咖啡？我記得會加奶精。」

「那時候妳有把奶精倒掉嗎？」

「奶精？」

電話彼端的江里子陷入了沉默。

她果然忘了倒掉嗎？成田咬著嘴唇。

沒想到江里子回答：「我倒掉了，沒錯。」

「啊？真的嗎？」

「真的，我記得很清楚。」

「那就沒問題了。」

然後，成田叮嚀她，只要假裝什麼都不知道就好，才掛上電話。

涼子、高明、江里子和成田。這天晚上，只有他們四個人在場，友弘和小孩子都不在，這讓成田有一種不祥的預感。

他們集中在藤次郎的房間，涼子再度保證，案發之後沒有人動過這個房間。

「錄音帶中有沒有發現什麼線索？」偵探的女助理看到成田在沙發上坐下後問。

「不，很遺憾，沒發現什麼。」成田從口袋裡拿出錄音帶交還給她。

「是嗎？」

她接過錄音帶後，小心翼翼地放回自己的口袋。看到她的舉動，稍稍消除了成田內心的不安。

當所有人都坐下後，偵探鎖上了門，在四個人對面坐下，女助理站在稍遠處。

「今天請各位來這裡，」偵探停頓了一下，依次緩緩打量在座四個人的臉，「是希望各位能夠說實話。」

「說實話？」高明挑著眉毛問，「請問這是怎麼回事？」

「我已經說了，就是請各位實話實說。」偵探拿出那本記事本，翻了幾頁後，用訓誡的語氣說：「你們說，那天晚上九點半左右見到了藤次郎先生。果真如此的話，歹徒就不可能有機會潛入這個房間。由此只能得出兩個結論，第一，是歹徒並沒有潛入這裡，第二，你們就是歹徒。」

「開什麼玩笑？」高明撇著嘴憤憤地說，「我們為什麼要綁架董事長？太荒唐了。」

「有動機嗎？」涼子用冷靜的口吻問，她的態度和高明形成了對比。

「目前尚未找到在座各位綁架藤次郎先生的動機，」偵探滿不在乎地說：「比方說，如果藤次郎先生下落不明，對高明先生很不利。因為，藤次郎先生和前一任太太之間的離婚問題還沒有解決，在遺產分配問題上會很吃虧。」

高明板著臉，既不表示肯定，也沒有否認。

「對江里子小姐來說更是如此，如果藤次郎先生還沒有和她辦理結婚登記就下落不明，嫁入豪門就失去了意義。」

偵探認定江里子是為了錢和藤次郎在一起，就連當事人都沒有反駁這一點，可能她領悟到辯駁只會讓自己更難堪。

「站在成田先生的立場來說，雇主消失，他也不可能得到什麼好處。」

「看吧，我就知道你在信口開河。」高明對偵探露出輕蔑的眼神。

「但是在某個前提下，你們三個人很可能齊心協力，把董事長隱藏起來。」

「什麼前提？」

看到涼子緊張的表情，偵探微微皺了皺眉頭，這是他在發表重大消息前唯一的表情變化。

「這個前提就是藤次郎先生死了。」

聽到偵探的宣布，涼子的身體輕輕晃了一下，這也是從她外表可以看出的唯一變化。

江里子發出好像在打嗝般的聲音，比起涼子，偵探更在意她的反應。她立刻低下了頭，偵探凝視著她泛紅的臉頰。

「你到底在胡說什麼？」

高明擠出假笑，但被涼子那句「請你繼續說下去」的氣勢嚇到了，表情有點僵硬。

偵探再度開口：「假設藤次郎先生不知道是因為心臟病發作還是腦溢血，總之，他因故死在這個房間，然後，你們三個人來到這個房間。只要稍微想像一下，就知道公布藤次郎先生的死訊是否有利，我相信你們三個人打算先把藤次郎先生的屍體藏起來，假裝是離奇失蹤，爭取時間讓藤次郎先生和前任夫人離婚，順利娶到江里子小姐。當然，辦理離婚手續或許沒有問題，但能不能順利入籍就另當別論了。」

偵探說話的口吻和第一次說話時一模一樣，但聽在成田他們的耳中，卻覺得他充滿自信。

「太荒唐了。」高明重複了剛才的話，但這次說話時有點發抖，「你憑什麼這樣胡說八道？況且，當時看到董事長的並不是只有我們，幫傭送咖啡來的時候也看到了，難道她也是幫兇嗎？」

然而，偵探無視高明，轉頭看著江里子問：「麻子小姐送咖啡來的時候妳在哪裡？」

她用既像是不悅、又像是失望的表情看了看偵探，指著沙發後方的牆壁。

「我站在牆邊。」

偵探深感佩服似的點點頭。

「原來是這樣，的確，妳站在這個位置，站在門外的麻子小姐就看不到妳。但是，還有一個疑問無法解釋。當麻子小姐送咖啡進來時，藤次郎先生和高明先生正在認真討論事情，所以由成田先生把咖啡接了過來，但為什麼不是由妳去拿？我這麼說或許有點失禮，但通常不都是女人做這種事嗎？」

「那也只是通常而已。」雖然明知道這種爭辯只會造成反效果，但成田還是忍不住反駁，「那時候，我剛好在門的附近，所以就由我去拿了。」

「剛好嗎？據我所知，當時正在討論工作的事。你身為祕書，不是應該坐在藤次郎先生旁邊嗎？算了，先不追究這個問題。」

偵探並沒有深究這件事，默默地走向牆邊的架子。放著咖啡杯的托盤仍然放在那裡，和那天晚上一模一樣。

「我想請教江里子小姐。」聽到偵探的聲音，江里子的身體抖了一下。「藤次郎先生喝咖啡時，喝的是黑咖啡，還是會加牛奶？」

成田把臉微微轉向江里子的方向，察覺到江里子用眼神叫他不必擔心。她斬釘截鐵地說：「會加牛奶，他認為這樣有益健康。」

「原來如此。」偵探看著咖啡杯和牛奶壺說，「牛奶的確用完了。」

「對啊。」江里子得意地回答。

「但是，」偵探拿起小茶匙，「茶匙好像沒有用過。太奇怪了，照理說，加牛奶的時候會用茶匙。」

成田忍不住「啊」了一聲，江里子也同時咕噥了什麼，只有高明用責備的眼神瞪著江里子。

「除此以外，還有不合理的疑點。」這時，偵探走到藤次郎的桌前，打開了抽屜。「歹徒從這個抽屜裡拿走了那串鑰匙，雖然鑰匙放在很不容易找到的地方，抽屜卻沒有被翻亂的痕跡。由此不得不讓人認為，歹徒原本就知道鑰匙放在哪裡。」

「無稽之談。」高明嘴角露出冷笑，似乎對偵探的分析不以為然，「你的分析聽起來好像很有道理，卻忘記了最關鍵的重點——幫傭聽到了董事長正在和我說話。」

成田看著偵探的眼睛，也許偵探已經識破了錄音機的詭計，但如果沒有確鑿的證據，應該可以支吾過去。成田想試探偵探有多少把握，卻發現偵探的眼睛一如往常，沒有任何表情。

偵探用沒有表情的雙眼看著助理。助理從口袋裡拿出錄音帶，放在錄音機裡。那是成田剛才給她的錄音帶。

「麻子小姐只看到藤次郎先生睡袍的袖子，聽到他的聲音。所以，當時也有可能是使用錄音機。」

偵探的話音剛落，女助理就按下了開關。正是偵探在白天時放給成田聽的那段對話。相同的聲音，和藤次郎說話的是友弘。

成田正打算問「這有什麼問題」，就聽到了那個部分。

「……所以，我認為在下週一號星期二召開推動會議最有效率。」

然後，友弘的聲音突然消失了。片刻沉默後，傳來藤次郎的聲音，然後再度安靜下來，又傳來藤次郎的聲音。偵探看到成田和高明的表情後似乎很滿意，要求助理關了錄音機。

「像這樣，只要留下藤次郎先生的聲音，然後播放出來，再配合他的聲音說話，聽在旁人耳裡，就會以為是你們在對話。」

偵探又對成田說：「這捲錄音帶會放在錄音機裡，並不是因為藤次郎先生在聽裡面的內容，而是你把用於詭計的錄音帶掉了包。所以，你知道這捲錄音帶根本沒有意義，我交給你之後，你也沒有聽。如果你有聽過，就會察覺我們動了手腳。」

成田感受到自己臉「唰」地變白了，他知道自己現在臉色鐵青，因為他終於明白，為什麼偵探會把錄音帶拿給他。

「成田先生，是這樣嗎？」直到前一刻還失神般沉默不語的涼子，好不容易擠出聲音逼問道。

成田說：「我們來到書房時，董事長已經上吊自殺了。」

「成田！」高明大喝一聲，但隨即就癱在沙發上，看樣子似乎打算放棄了。

涼子目不轉睛地凝視著成田的嘴，以出奇平靜的語氣問：「爸爸為什麼要自殺？」

「我不知道。」成田搖搖頭，「我研判是和文江夫人發生了那樣的事，他一時想不開。但是，當時我們並無暇考慮自殺的動機，只想到接下來該怎麼辦。是我提議把屍體藏起來，理由就是剛才偵探先生所分析的，我為了今後著想，希望可以在副董事長面前立功。」

成田當然沒有提到自己和江里子的事，更沒有提及江里子可能領到的保險金。

「所以，你們把爸爸的屍體藏去哪裡了？」涼子一臉認真地問。

成田注視著她的雙眼片刻，回答說：「不知道。」

「不知道？」

「對，當我們之後回到這個房間打算處理屍體時，屍體已經不見了。」

6

那天晚上——

成田和高明打發了麻子，走進藤次郎的房間時，發現原本放在床上的屍體消失了。

他們立刻想到可能是江里子動了手腳，於是就用內線電話問她是怎麼回事，沒想到她也不知道屍體的下落，甚至聽不懂成田問她的話是什麼意思。

成出、高明和江里子三個人木然地站在屍體消失了的房間內。

「這到底是怎麼回事？」

高明問這句話時好像在對誰發脾氣，但成田和江里子當然無法回答這個問題。

不僅屍體消失的狀況很詭異，房間的狀態也令人匪夷所思。因為窗戶從內側鎖了起來，成為完美的密室。

「唯一的可能，就是有人把屍體搬走了……」成田欲言又止。

假設有人把屍體搬走，那個人到底是怎麼離開這個房間的？

「這個房間只有一把鑰匙嗎？」高明問。

江里子輕輕搖頭。

「我記得書桌的抽屜裡還有另一把鑰匙。」

她打開藤次郎書桌的抽屜，稍微找了一下，立刻拿出了串在黑色皮革鑰匙圈上的鑰匙。

「在這裡，除了我身上的鑰匙以外，應該只剩下這一把了。」

「所以……到底是怎麼搬走的？而且把董事長的屍體搬走到底有什麼目的？」

「目前這兩個問題都無法找到答案，」成田一再努力讓自己鎮定，輪流看著高明和江里子說，「總之，應該先討論一下接下來該怎麼辦。」

三個人的表情都很複雜，藤次郎的屍體被人藏起來倒不是問題，問題在於他們搞不清楚對方此舉的意圖。

「你們看這樣行不行。」

高明說出的方案，就是仍然按照原計畫行動。雖然不了解歹徒的意圖，但目前只要能夠達到拖延的目的就好。

「但如果歹徒被抓到，會查明是哪一天自殺的，我就領不到保險金了。」江里子開始打退堂鼓。

「所以，只要不報警，別把事情鬧大就好。別擔心，我不會讓他們這麼做的。」

「接下來要看對方的下一步怎麼出招。」

「到時候，再設法私下處理。」

最後，三個人決定按高明的提議，繼續執行計畫。沒想到第二天早晨發生了意想不到的事，藤次郎的車子故障了，於是，三人被迫中斷了計畫。

「事情的來龍去脈就像成田所說的。」高明一臉屈辱的表情說，「我們的確故意隱匿了董事長死亡的消息，也為此道歉，但屍體不是我們藏的。從這個角度來說，眼前沒有解決任何問題，以遊戲來說，就是又回到了原點。」

「對不起，我去休息一下。」

涼子想要起身時，微微搖晃了一下。接二連三的打擊讓她無力招架。她踉踉蹌蹌地趿著拖鞋，走出了房間。

看到房門關起後，偵探說：「我來歸納一下剛才說的情況。九點左右，你們發現藤次郎先生上吊自殺，當時已經氣絕身亡。十點半左右，屍體消失了……」

「對。」成田回答。

「所以，推理的前提改變了。歹徒不需要從房門走進書房，因為房間裡沒有活人，他可以從窗戶進來。歹徒應該在窗外發現了屍體，從窗戶潛入書房，把屍體帶走了。因為是屍體，無論怎麼搬都無所謂，放在車子的行李箱裡應該最方便。」

「但窗戶是鎖著的。」

高明語氣沉重地說，「不光是窗戶，就連房門也鎖上了，歹徒到底是怎麼出入這個房間的？」

其他人都離開後，只剩下成田仍然和兩名偵探留在藤次郎的房間。他也不知道為什麼偵探指名他留下。

「所以，藤次郎先生……」偵探站在房間中央的書桌上，右手抓著水晶吊燈。「把繩子掛在這裡上吊的嗎？」

「對。」

「當時，他的腳和桌子之間有多少間隔？」

成田不知道偵探為什麼問這個問題，但用雙手比了三十公分左右，回答說：「差不多是這樣。」

偵探點點頭，向助理使了一個眼色，她立刻記錄下來。

「是怎樣的繩子？」

成田指了指房間角落的陳列架，上面陳列著來自全國各地的民俗工藝品。藤次郎對鄉土玩具有濃厚的興趣，成田手指的是一個四十公分左右的木雕牛，上面還有各種裝飾品。

「這個叫金牛，這種吉祥物是岩手縣花卷的鄉土玩具，原本上面有紅白相間的繩子，但現在不見了。」

「所以是用這根繩子上吊的？」

「應該錯不了。」

成田確認了自己的記憶，纏在藤次郎脖子上的正是紅白相間的繩子。

「還有，」偵探在沙發上坐了下來，稍微壓低了音量問：「關於自殺動機，你仍然覺得是一時衝動嗎？」

「這個嘛……」成田顯得吞吞吐吐。

「現在不這麼認為了嗎？」偵探探頭看著成田的臉。

站在偵探身旁的女助理也抬起頭看著他。

「對，現在不這麼認為。」成田輪流望著他們兩人。「雖然董事長有躁鬱症，但無論遇到任何情況，他都不會草率行事。」

「原來是這樣。」

偵探靠在沙發上，雙手在膝蓋上交握，靜靜地沉思著。他似乎想說什麼，但又似乎在思考該什麼時候說。

「成田先生，」他說話的聲音聽起來格外嚴肅，「可不可以請你把發現屍體到得知屍體消失的情況，盡可能正確而嚴謹地說出來？事情，好像愈來愈複雜了。」

7

翌日，偵探沒有再出現在成田的面前。不光是成田，正木家所有人都說沒見到偵探。涼子整天關在自己的房間，別說是偵探，她任何人都沒見到。

藤次郎失蹤的事還沒有報警，高明認為歹徒一定會有下一步動作，等對方出手再考慮對策。表面上，大家同意了他的意見，但其實大家覺得反正藤次郎已經死了，不必為他的安危擔心了。

得知情況後，友弘最坐立難安，因為一旦確認藤次郎已死，他的母親文江就可以繼承大筆遺產，但眼前沒有任何證據可以證明他的死亡。他目前最大的願望就是希望早日發現藤次郎的屍體，所以，他也最強烈主張要報警。

他們向員工聲稱董事長出國視察，雖然謊言遲早會被拆穿，但高明認為至少可以暫時避免公司混亂。工作方面的事由他全權代勞，眼下並無大礙。

成田三不五時就去副董事長室向高明說明藤次郎的工作，除此以外，都獨自坐在空蕩蕩的董事長室。偶爾有人問他身為祕書，為什麼沒有陪同董事長一起出差，他都巧妙地敷衍過去。

回到董事長室，成田坐在自己的桌前抽著菸。隔著乳白色的煙霧，他似乎看到藤次郎上吊的屍體，回想起昨天偵探對他說的話。

「這起事件只要知道兩個『為什麼』，就可以破案。首先，歹徒為什麼需要藤次郎的屍體？其次，為什麼現場是密室？」

偵探顯然已經洞察了什麼，到底是什麼？

成田審視著失去主人的董事長辦公桌，思考著誰需要隱藏藤次郎的屍體。

首先是涼子。她的處境和高明一樣，藤次郎在離婚還沒成立之前就一命嗚呼，在繼承遺產的問題上對她很不利。況且，這件事也會影響到正木家的面子，因為自殺畢竟是有損名聲的死因。

在遺產的問題上，高明的三個兒女也有動機，但問題在於他們有沒有足夠的行動力。在成田的眼中，他們都沒那個能耐。

在顧及顏面這個問題上，也不能排除奶媽德子的嫌疑。也許她比任何人更強烈地想要保護正木家，但一個老婦人能夠搬動屍體嗎？無論怎麼想，都覺得這種猜測太牽強了。

成田也思考了密室的問題，歹徒到底怎麼從上了鎖的房間搬走屍體，又再度鎖上呢？如果有方法可以讓人體像煙霧般消失則又另當別論，但成田實在想不透。

——偵探……

偵探要求他正確說出當晚的事，成田當然一五一十地說了。同時，也以不告訴涼子為條件，向偵探說出了江里子可以領到保險金的事。

偵探和女助理把成田說的話記錄了下來，他們的紀錄上除了每個人說的廢話以外，還詳細寫下了當時每個人身體朝向哪個方向——當然，只是在成田記憶所及的範圍。

——偵探從自己的話中找到了什麼線索？

他不得而知，偵探只說了前面提到的「兩個『為什麼』……」那句話。

翌日早晨，偵探和女助理突然現身在成田的公寓。

「你們怎麼知道我住在這裡？」成田佩服地說。

女助理不以為然地笑了笑，偵探只是面無表情地打量了室內。

「喔，請進吧。」

但偵探伸出右手，微微搖頭。

「今天上門是想了結這個案子。」

「了結？」

「對。」偵探把助理從一旁遞給他的大型牛皮紙信封交給了成田。「裡面是這起案子的相關資料。我先聲明，裡面只記錄了所有資料和相關事實，排除了所有推測和臆測，當然也沒有我們對調查結果的見解。」

成田接過了信封。信封很沉重。

「為什麼找上我？」他問。

「並沒有特別的理由，如果非說一個理由不可的話，那就是你不是正木家的人。」偵探說：「根據這些資料分析的結果，我們認為不宜繼續參與這起事件，必須由你們決定如何了結這起案子，所以才把這些東西交給你。我相信你看了這些資料，也會得出和我們相同的結論，至於你要如何處理這個結論，悉聽尊便。」

「我不懂，既然你已經有了結論，為什麼不親口告訴涼子夫人？有必要交由我判斷嗎？」

「我知道你會有這樣的疑問。」偵探沒有起伏的說話語氣依舊，但更多了之前說話時沒有的吞吐。「總之，請你看這些資料，相信你就知道為什麼我們只能採取這種做法了。」說完，偵探恭敬地鞠了一躬，女助理也鞠了躬。

成田無言以對，只能輪流看著信封和他們遠去的背影。

8

一個月過去了。

成田像往常一樣快步走向董事長室，當他精神抖擻地在走廊上轉彎時，撞見了肥胖的營業部長。

「原來是成田，你還是這麼忙。」

「託您的福。」

「你前一陣子忙壞了吧？但幸好事情最後向好的方向發展，雖然你這陣子會比較辛苦，要好好加油。」

「謝謝。」成田鞠了一躬，向營業部長道別，一邊再度加快腳步，一邊用力忍住了臉上的笑意。

——好的方向……嗎？

成田也有同感。當時，如果自己搞錯了方向，或許就沒有今天的自己。從這個角度來說，偵探的那份資料彌足珍貴。

那天，偵探離開後，成田獨自看了資料。好幾份文件釘在一起，第一頁的標題是「關於正木藤次郎先生的自殺」，寫著以下的內容：

◎相關者皆不了解藤次郎先生自殺的動機。

◎根據成田先生的證詞，藤次郎先生的雙腳離開書桌，在半空中晃動。也就是說，藤次郎先生準備上吊自殺時，應該站在小椅子上，綁好繩子後，把脖子套進繩子，再踢開小椅子。

但現場並沒有小椅子。

這一頁上只寫了這些內容，但看了這些內容，成田就知道偵探想說什麼。也就是說，他對藤次郎自殺這件事存疑。

——有人殺了董事長，偽裝成上吊自殺……

那為什麼要隱藏屍體？成田納悶地翻開下一頁，映入眼簾的標題回答了他的疑問：

「為什麼有人搬走了屍體？」

下面貼著像是從偵探那本記事本上撕下的紙張，寫著以下內容：

成田先生、江里子小姐和高明先生在發現屍體後的談話（於客廳）：

江里子：「能不能偽裝成他殺？這麼一來，就可以領到保險金了。」

高明：「不能驚動警方，最好偽裝成意外死亡，既可以領到保險金，也保住了正木家的體面。」

成田：「不管他殺或是意外身亡都不行，從繩子的痕跡以及瘀血的狀態就會被輕易識破。」

高明：「這麼簡單就可以判斷嗎？」

成田：「很簡單，這是法醫學的基礎。」

成田拿著資料的手顫抖不已。原來是高明殺了藤次郎。他殺了藤次郎後，打算偽裝成上吊自殺，但他們當時的對話讓他知道是白費工夫，於是，不得不把屍體藏起來。

如此一來，就可以順利解釋為什麼高明一開始主張應該報警，之後很快改變態度，贊成偽裝掩飾。

手心和額頭都在冒汗的成田繼續往下看，下一頁是「為什麼會是密室？」。這一頁上也貼了記事本上記錄的內容：

在藤次郎先生的房間完成偽裝工作後。

成田：「窗戶也鎖了嗎？」

高明：「沒問題，已經鎖了。」

原來如此，成田豁然開朗。當時，高明考慮到之後要再度潛入書房，所以沒有鎖窗戶。

——但他離開房間之後呢？當時，窗戶的確是鎖上的。

以下的紀錄內容再度回答了他的疑問。

◎進入藤次郎的房間時，是由高明先生打開門鎖。

◎成田先生看著麻子小姐離去的方向。

◎成田先生聽到喀噠的聲音，判斷是打開門鎖的聲音。

——當時，我的確沒有看高明的手，只聽到喀噠的聲音，判斷是打開門鎖的聲音，但發出喀噠的聲音並不困難。比方說，可以把鑰匙轉半圈後，再用力轉回去……

不過……

成田搖了搖頭，有人確認門是鎖著的，幫傭麻子明確地說：「門鎖住了……」

成田又翻開了下一頁，然而，之後的內容和剛才的完全不同，既沒有提到上吊的事，也沒有關於密室的內容，而是普通徵信社最常見的男女素行調查內容。一開始就貼了一張很大的照片，拍到了一對男女走出汽車旅館。成田一開始以為偵探不小心把其他調查報告資料夾了進來，但看到照片上那兩個人的臉，所有的謎底都揭曉了。

那對男女正是高明和麻子。

高明遭到警方逮捕後坦承，藤次郎在宴會中途離席時，對高明咬耳朵，叫他去書房一下。高明去了書房，藤次郎給他看了一份資料，那是偵探俱樂部蒐集到高明收賄的證據資料，還附上了最近開張的三家分店建造工程發包時，高明和特定業者密會時的照片。有趣的是，除了收賄資料以外，還附上了「參考資料」，那是高明和麻子幽會的照片。偵探認為「應和收賄無關」。

藤次郎並沒有口出惡言，只是平靜地要求他和涼子離婚。

「雖然之前我很器重你，但沒想到養虎為患，這關係到了我的面子。」

「董事長……」

「你什麼都別說了，乖乖地捲舖蓋走人吧。」

藤次郎低聲下了逐客令。下一剎那，高明的雙手就掐住了藤次郎的脖子。

從來不看推理小說的高明以為只要用繩子繞在脖子上吊起來，就可以偽裝成上吊自殺，因此他從窗戶離開書房，回到了宴會。

當他得知無法偽裝成自殺後，不得不參與成田隨口提出的計畫。於是，他特地打開窗戶的鎖，為之後的行動做準備。

回到宴會後，隔了一段時間，他從大門繞到後院，從窗戶再度潛入藤次郎的書房，把屍體搬出去，藏進了自己車子的行李箱。

但他不能從玄關回到宴會，因為窗戶沒鎖，如此一來，他之前沒鎖窗戶一事就會曝光。於是，他從窗戶潛入書房、鎖好窗戶，再從書房那道門離開，走進了客廳。這時候，藤次郎房間的門當然沒有鎖。

這時，成田出現，他們一起走去書房，之前和高明商量妥當的麻子演戲假裝書房的門鎖著。

高明在警局供稱，翌日把屍體運到公司，裝進紙箱，藏在倉庫深處，打算找機會丟進海裡處理掉，卻始終沒有找到機會。

成田根據偵探俱樂部給他的資料，掌握了大致的真相，他只需要決定是要告訴涼子，還是保持沉默。

不過，他已經下定了決心，事件終究會曝光，警方會出動，最終會查出真相。為了爭取時間，還是暫時守口如瓶。在這段期間內，自己必須籠絡新主人，他手上掌握了足夠的厚禮，新主人一定對高明和麻子幽會的照片很感興趣。

但是，萬一警方始終查不到真相怎麼辦？

果真如此的話，只能用自己擅長的偽裝術，把警方的偵辦方向引導向高明——

成田敲了敲董事長室的門，裡面傳來正木友弘響亮的聲音。在一個月前，他成為成田的新主人。

原本有機會成為他主人的正木高明在稍早之前遭到逮捕了，成田的擔心成真了，警方的偵辦遲遲沒有進展，但在某個契機裡，案情急轉直下，露出了破案的曙光。

警方在高明座車的後行李箱中發現了藤次郎的假牙，這也成為逼高明就範的決定性證據。

陷阱中

1

昏暗的房間內，圍坐在桌旁的三個男人都一臉嚴肅的表情。中間放了一個菸灰缸，已經清了好幾次，但很快又堆滿了菸蒂。

「我想，」最年長的男人開了口，「最好還是偽裝成意外。一旦發現是他殺，警方會立刻成立搜查總部，大批警力出動的話，一定會找到破綻。」

「那些傢伙很纏人。」最年輕的男人皺起了眉頭。

雖然他嘴上這麼說，但他從來沒有和警察打交道的經驗，說的只是從連續劇中看到的印象。

「還不是一樣。」剛才始終不發一語的男人說。

他白白淨淨，戴了一副金框眼鏡，看起來很神經質。事實上，他的確有點神經質。

「即使巧妙偽裝成意外，只要警方用科學辦案，就會輕易識破了。到時候，這些小手腳反而會致命。所以，偽裝反而更危險。」

「不然偽裝成自殺呢？」年少男提議。「可以下毒，也可以用瓦斯，再巧妙地留一份遺書。」

「不行。」年長男斷然否決。

「為什麼？一旦偽裝成自殺，警方也不會太追究。」

「缺乏動機。那傢伙身體很好，也不缺錢，好像也沒什麼煩惱，這種人為什麼突然要自殺？況且，要怎麼寫遺書？難道當面要求本人寫嗎？如果筆跡不符，一下子就搞砸了，用電腦打字又會引起懷疑。」

「自殺恐怕行不通。」白淨男在一旁插嘴，「我還是覺得應該用正當的手段。」

「意外身亡應該可行，」年長男說：「不同於自殺，不需要理由。況且，只要手法漂亮，警方應該不會太追究。」

「我覺得有困難。」白淨男推了推眼鏡，然後點燃了不知道第幾根菸。

「手法要夠漂亮，」年長男說：「要讓人覺得是不幸的意外，所以做好充分的準備，我們的證詞也要一致。」

「很危險，我不太想加入。」

「你有資格說這種話嗎？那傢伙活著的話，最傷腦筋的是你。」

「……」

「所以，乾脆乘這個機會一了百了，我才特地來這裡商量。所謂三個臭皮匠，勝過一個諸葛亮嘛！」

「但是意外也有很多種，你打算偽裝成怎樣的意外？」最年輕的男人似乎同意最年長男人的意見。「車禍嗎？」

年長男搖了搖頭，「車禍太危險了，熟人不可能直接開車衝撞，也不能找人代勞，雖然可以在車上動手腳，但很快就會被查出來。」

「那就用瓦斯中毒或是誤喝毒藥的方法？」

「不行。」開口說話的是白淨男。「以前都市瓦斯會造成一氧化碳中毒，現在是天然瓦斯，不會引起中毒。況且，瓦斯漏氣時，警報器會嗶嗶叫。另外，毒藥也很困難，家裡有毒藥這種狀況本身就不自然，警方絕對會懷疑。」

「那有東西從天上掉下來呢？」年長男問白淨男，他似乎認為白淨男贊成偽裝成意外身亡的建議。「比方說，水晶吊燈掉下來之類的，有些地方不是懸著巨大的東西嗎？如果直擊頭部，絕對當場斃命。」

但白淨男緩緩搖頭。

「假設直擊頭部，當然會當場斃命，但要怎麼瞄準？如果需要動手腳就不行。」

「呿，那不是什麼都不行了。」年少男不耐煩地抓著頭髮，然後摸著剛冒出來的鬍碴。「我們的對手幾乎足不出戶，也不可能跌落山谷之類的……當然，更不可能溺死。」

年長男挑了一下眉毛。

「溺死……」

「這個主意不錯。」白淨男也輕輕點頭，「並不一定要在海裡或河裡才能溺死，一臉盆的水也足以送命。」

「浴缸。」年長男說，「那就讓那個傢伙在泡澡的時候睡著，不小心溺死怎麼樣？我之前曾經在報上看過類似的新聞，雖然這種死法很窩囊。」

「嗯。」白淨男吸了一口菸，吐出一大口乳白色的煙，然後皺著眉頭，緩緩轉動了兩、三次頭。「還是不行，睡著的話必須用安眠藥，到時候只要驗屍，馬上就驗出來了。而且，即使睡著，也不一定會溺死，溺不死的機率更高。」

「搞什麼嘛，這個方法也不行嗎？」年少男嘆著氣。

「不過，死在浴缸這個主意倒是不錯。」

其他兩個人從白淨男的話中聽出了弦外之音，紛紛注視著他的臉。

白淨男繼續說：「泡澡的時候是少數可以獨處的地方，有時候，在其他地方做不到的事，泡澡的時候可以做到。比方說，故意讓瓦斯外洩，導致浴室爆炸，正在泡澡的人絕對小命不保。」

「這不行。」年長男慌忙說，「不能用火，發生意外就糟了。」

「我只是舉例而已，還有其他方法。」

「比方說？」

「比方說——」

白淨男壓低音量，說出了自己的想法。

2

「你舅舅是怎樣的人？」坐在副駕駛座上的百合子露出有點擔心的表情問。

手握方向盤的利彥看著前方，微微偏著頭說：「一言難盡啊！總之，他不是普通人。他經營不動產，還做類似地下錢莊的生意，所以，雖然很有錢，但風評並不好。」

「聽起來好像很可怕。」百合子的聲音聽起來有點害怕。

利彥出聲笑了出來。

「因為工作的關係，所以多少有點惹人討厭，這也是沒辦法的事，但他對我很好。我還在讀書時，他就一直照顧我，找工作時也幫了不少忙。當然，他對錢很計較，所以在這方面對他完全不抱期待。」

山上孝三的豪宅位在一片幽靜、空氣清新的高級住宅區中。停車場很寬敞，除了孝三的賓士以外，還可以停放三輛車。在櫻花凋零後幾週的某天傍晚，停車場內停滿了車。

濱本利彥和高田百合子是這天造訪山上家最後的客人。他們站在玄關時，除了幫傭玉枝嫂以外，孝三和妻子道代也走到門口迎接。

「你們終於來了，大家都等不及了，因為主角賓客不到就太不像話了。」孝三晃著大鮪魚肚，豪爽地笑了起來。

「對不起，因為臨時有工作，但我已經盡快趕來了。」

「不必工作到這麼晚吧──對了，這位是……？」

「她就是高田百合子。」

利彥介紹後，百合子也深深鞠了一躬。

「是嗎？我是利彥的舅舅孝三，請多關照啦。這傢伙常讓人放不下心。」然後又放聲大笑起來。

道代在一旁戳了戳他。

「老公，別站在門口說話……」

「喔，對啊，快進來吧！」

孝三推著百合子的背，走向客廳的方向，利彥也跟在幾步之後。

原本走在利彥身後的道代走到他身旁，小聲對他咬耳朵說：「她真漂亮。」

利彥回頭看她。

她說了聲：「走吧。」然後快步走向前。

客廳內有一張細長的桌子，七名男女正在等候利彥他們，當這對年輕人出現時，席間立刻響起了掌聲。

利彥和百合子在空位上坐了下來，孝三和道代也就席，孝三舉起裝了啤酒的杯子，環視所有人的臉。

「主角終於來了，我們就開始吧！和利彥一起來的這位，是有可能成為他未來新娘的高田百合子小姐，不，我想他們已經正式定下來了。她這麼漂亮，老實說，我看到第一眼就很喜歡。這麼一來，一直把利彥當成自己兒子的我，也終於覺得放下了肩上的擔子，希望他們以後恩恩愛愛、健康平安。那就乾杯吧！」

「乾杯！」其他人也紛紛舉杯。

利彥和百合子起身行了一禮，再度坐了下來。於是，祝福這對年輕人的派對拉開了序幕。

提出辦這場派對的是孝三，利彥是他姐姐的兒子，他的姐姐和姐夫多年前雙雙因病去世，孝三膝下無一男半女，所以他一直把利彥當成自己兒子照顧。

晚餐開始後，所有人先做了簡單的自我介紹。

今天，山上家的親戚全員到齊。首先是道代的弟弟青木信夫和妻子喜久子、信夫夫妻的一對兒女行雄和哲子、孝三的妹婿和妹妹中山二郎和真紀枝，還有中山夫妻的兒子敦司。他們分別簡短地向百合子自我介紹。

幾杯黃湯下肚後，大家都更健談了。孝三似乎對調侃利彥他們有點膩了，把矛頭轉向了信夫。

「最近景氣怎麼樣？」

利彥察覺到信夫臉頰微微抽搐了一下。

孝三繼續說：「最近土地價格飆升，蓋房子的人不多了。」

「你說的完全正確。」信夫露出諂媚的笑容說，「我們這些小公司相互搶生意，真不知道該怎麼殺出一條血路。」

「青木先生開了一家設計公司。」利彥小聲地告訴百合子，她輕輕點頭。

「藥店的生意怎麼樣？」接著，孝三看向中山夫婦的方向。

二郎苦笑起來。

「生意難做啊。雖然公司的股價上升，但實際情況完全不是這麼一回事。不瞞你說，景氣太差了。」

中山在製藥廠上班。

「哥哥，只有你財源廣進，真羨慕你啊，數錢數到手都軟了吧。」不知道是否喝了酒，壯了膽，孝三的妹妹真紀枝好像在找碴似的對孝三說。

「妳真會開玩笑，我只是稅金愈繳愈多，最近更開始擔心借出去的錢能不能按時還回來。反正人在借錢的時候鞠躬哈腰，還錢的時候就目中無人，以為自己是老大，簡直惡劣透頂。」雖然孝三嘴上這麼說，但看得出心情很好。

「你們是職場戀愛嗎？」坐在利彥斜前方的敦司問。

他的臉部線條很俐落，身材像運動員，目前是國立大學三年級的學生。

利彥他們點頭後，他露出佩服的表情。

「我不敢相信，這麼漂亮的美女在遇到利彥哥之前居然沒有男朋友。」

「喂，你這句話是什麼意思？」利彥笑著瞪了敦司一眼。「她和你不一樣，讀大學時很用功，根本沒時間玩。」

「這句話對我太不公平了吧，時下的大學生多少也有讀點書啦！」

「讀書是你的分內事，你明年就要找工作了吧？你也該認真思考了，以後，即使有大學文憑也未必能順利找到工作。」

「對啊，所以我打算讀研究所。」

「是喔。」

利彥正打算說「了不起」，旁邊突然傳來哐噹的聲音，原來是信夫的兒子行雄粗暴地丟下刀叉。

「哥哥，你怎麼了？」坐在行雄旁邊的哲子皺著眉頭問。

「我不爽啊，」行雄的聲音很低沉，「別以為讀大學就了不起，難道還要讀研究所繼續玩幾年嗎？」

「喂，說話留點口德好不好？」敦司的臉色也變了，「這就叫見不得人好。」

「媽的，你說什麼?!」

旁人還來不及制止，行雄已經抓住了敦司的衣領，緊接著，兩個人就在地上扭打起來。

「喂，你們在幹什麼？」孝三大叫。

但那兩個人根本沒有聽到，他們繼續糾纏在一起，在地毯上互毆起來。

「住手！」利彥衝上前去擋住敦司。

把他們拉開後，行雄盤腿坐在地上。

「到底怎麼了？」行雄的母親喜久子跑過來問。

她兒子仍然一臉氣鼓鼓，利彥向他們說明了吵架的經過。

「為什麼要為這種芝麻小事動粗？」信夫低頭看著行雄訓斥道，「當初是你自己說不想讀大學，現在卻……你好好冷靜一下！」

「的確該冷靜一下，」孝三不耐地說：「你們都去盥洗室洗把臉——玉枝嫂。」
「是。」幫傭玉枝嫂應道。
「妳帶他們去洗臉，如果身上有受傷，幫他們處理一下。」
「是。」
玉枝嫂帶著一臉怒氣起身的敦司和行雄走向走廊。她在孝三家工作多年，面對這點小事完全不為所動。
「對不起，這孩子太衝動了。」青木信夫對著中山夫婦鞠躬道歉。
「沒事，沒事。」中山三郎搖著手。
「敦司說話的態度也不好，而且他脾氣也太急了，真是傷腦筋。」
「對利彥來說，簡直是飛來橫禍啊。」孝三看著他的衣服說。
利彥的襯衫已經濕了，是剛才勸架時被啤酒潑到的。
「把衣服脫下吧，拿去叫玉枝嫂洗一下。」
道代摸著他的襯衫釦子，但利彥把她的手推開了。
「不用了，我自己拿去。不過，真傷腦筋，我明天約了人見面，還打算穿這件襯衫出門呢。」
「明天早上就會乾了。」

道代回答時，走廊上傳來「咚」的巨大聲響。玉枝嫂同時衝了進來。

「不好了，他們又打起來了。」

「什麼?!」孝三問。

「他們在盥洗室那裡又打起來了！」

「他們到底在幹什麼？」

孝三衝出走廊，利彥一行人也跟在後面。

來到盥洗室，敦司正喘著粗氣站在那裡，行雄靠著一旁的洗衣機。行雄的身體撞到了洗衣機，洗衣機斜在一旁，剛才的巨響就是洗衣機的聲音。

「到底是怎麼一回事？」二郎問自己的兒子敦司。

「我怎麼知道，他又莫名其妙地口出惡言，所以我推了他一把。」

「行雄！」信夫大喝道，「你到底想幹什麼？又不是小孩子了。」

行雄一臉怒氣，把頭轉到一旁。信夫轉身對著孝三和二郎賠不是。

「對不起，今天我就帶這個蠢蛋先回去了，等他好好冷靜之後，改天再帶他來上門道歉。」

「我自己回去。」行雄說著，掠過孝三和信夫的面前，逕自走向玄關。

「行雄，你連句道歉都不說嗎？」

信夫對著兒子的背影大叫，正打算追上去，孝三制止了他。

「算了，他應該有他的想法，今天就讓他一個人冷靜一下。」

「是嗎……真的很不好意思。」

信夫除了孝三以外，還向在場所有的人賠罪，當然，對敦司的父親二郎更是深感抱歉。

「行雄高中畢業後，就進了他爸爸的公司，所以可能有點自卑，其實他根本沒必要自卑。」

回到客廳後，坐在沙發上再度喝酒時，利彥告訴百合子。哲子和仍然無法平息激動情緒的敦司坐在對面。

「我哥哥不喜歡讀書，所以才沒有讀大學，沒想到現在還在說這種話，太不像男子漢了。」

哲子故作成熟地斜著酒杯，敦司在一旁感到納悶。

「他平時不會這樣，雖然是因為有幾分酒意……但實在太奇怪了。」

「可能是心情不好吧，不必放在心上。」

哲子正如她說的，完全沒把這件事放在心上。

不一會兒，玉枝嫂來拿利彥的襯衫，說只要馬上洗完烘乾，明天就可以穿了。

「那我來幫他洗吧。」百合子說。

玉枝嫂微笑著搖搖頭。

「怎麼可以讓客人洗衣服。」玉枝嫂說完，留下睡衣離開了。

利彥試穿了新的睡衣，尺寸剛剛好。

「簡直就像特地為你買的。」

「我以前住過這裡，可能是當時買的。」百合子十分佩服地說。利彥扣起睡衣的釦子。

孝三和二郎、信夫一起在客廳角落的家庭酒吧前喝酒。他們相談甚歡，不時傳來孝三豪爽的笑聲，其他兩個人只是拿著酒杯，不時點頭附和。

喜久子和真紀枝似乎去了道代的房間。

「好……」過了一會兒，孝三起身走向利彥他們。「我先去洗澡，你們慢慢聊。如果肚子餓了，交代玉枝嫂一聲，她會煮東西給你們吃。」

「你已經喝不少了。」利彥看著吧檯上的酒瓶說。

「和以前相比，簡直是小意思。我老囉！」孝三自嘲地笑了笑。他以前的酒量真的可以稱為海量。

「對了，百合子，」他叫著外甥女朋友的名字，「今晚亂成一團，真不好意思，下次一定好好補償妳。」

百合子微笑著，小聲回答：「不會啦。」

「那我先去洗澡了。」

「你沒事吧？」利彥問，「你心臟不是不好嗎？等酒醒之後再去吧，不然太危險了。」

「別擔心，我沒喝多少。」孝三說得沒錯，他走出房間時腳步也很穩健。

「你舅舅好像很照顧大家。」百合子有所顧慮地在利彥耳邊悄聲說。

她個性有點內向，不太敢在眾人面前說話。

「也不見得啦。」回答這句話的是坐在對面的哲子，她似乎聽到了百合子的話。

「他雖然看起來很關心別人，但只要是關於錢的事，就另當別論了。即使是親戚，該收的利息一分也不會少，還款日期也無法通融。」

「但這是商場規矩，」坐在一旁的敦司喝了一口啤酒後說：「如果因為是親戚就特別通融，以後就會沒完沒了。相反的，我認為他這種鐵面無私才是成功的關鍵。利彥哥，你也這麼認為吧？」

「嗯，我沒向我舅舅借過錢，所以沒資格發表意見。」利彥不置可否地說。

孝三離開後，有人走去庭院，有人打電話，各做各的事。剛才去了道代房間的女眷中，也有人來到客廳。

一個小時後，玉枝嫂突然衝進客廳，似乎一時不知如何是好，最後，走向坐在最靠近門口沙發上的利彥。

「不好了，老爺他……」玉枝嫂說話時有點口齒不清，以前從來沒有看過她這麼慌亂的樣子。

「怎麼了？」利彥扶著她的肩膀。

玉枝嫂慢慢吞了口水後，再度看著利彥的臉。

「因為老爺洗了很久，我去問他有沒有問題，結果沒人回答，浴室的門也從裡面鎖上了……」

噗通！利彥感受到心臟用力跳了一下。

「是不是睡著了？」他努力用鎮定的表情說。

但玉枝嫂用力搖頭。

「我叫了好幾次，都沒有回答。」

房間內陷入一陣安靜，在場的所有人都面面相覷。

最先採取行動的是二郎，他說了一聲「不妙」，衝向走廊。信夫立刻瞪大眼睛，也跟了上去，然後是敦司，利彥跟在最後。

所有人都去了浴室，浴室旁的盥洗室內，全自動洗衣機正在洗衣服。應該正在洗利彥的襯衫吧，旁邊的浴室門緊閉。

敦司想關掉洗衣機，卻不知道怎麼操作，最後乾脆拔掉插頭，洗衣機才總算停了下來，恢復一片寂靜，但浴室內也悄然無聲。

二郎敲了敲門，沒有人回答。玉枝嫂說的沒錯，門從裡面鎖住了。

「有沒有鑰匙？」

「在這裡。」

聽到騷動聲趕來的道代拿出一把小鑰匙。二郎打開了門鎖，推開了門。

頓時，在場的女人發出慘叫聲，男人發出了呻吟。

泡在浴缸內的孝三沒有生命的雙眼瞪著天花板。

3

「醫生，不好意思，這麼晚還勞駕你上門。」道代在門口向田中醫生連連鞠躬。

田中已經有了一點年紀，一頭稀疏的頭髮梳向腦後。

他輕輕點了點頭，語帶同情地說：「我一直提醒他要小心，妳不要太難過了。」

「呃……請問警方會要求解剖嗎？」

「我想應該會吧，當然，解剖之後會恢復原狀。」

田中以為她不忍心看到孝三的屍體遭到解剖。

目送醫生開著白色賓士車離去後，道代回到屋內，她的眼神透露出她的決心。

當天的賓客都集中在客廳，從發現屍體至今已經過了兩個小時，每張臉上都帶著疲憊。

「大嫂。」二郎肥胖的身體在椅子上坐直後叫了一聲，但似乎還沒想好接下來要說什麼，一副痛苦的表情陷入沉默。

「大家都到齊了嗎？」

道代無視二郎的存在，環視整個客廳，所有人幾乎都坐在剛才喝酒時坐的位置上。

「我有重要的話要說。」

道代的聲音低沉卻堅定，難以想像她前一刻才失去丈夫，有幾個人情不自禁挺直了身體。

「我老公死了，雖然他這個人有很多缺點，但是他一路支持山上家，所以，我希望大家好好憑弔他。」

包括利彥在內的所有人都用困惑的眼神看著這位女主人，大家都不知道她想說什麼，更不知道她想做什麼。

「我希望帶著神聖的心情為他憑弔。」道代的語氣很冷靜，聲音微微顫抖。「所以，如果在座的各位中有人和這份神聖不相襯，就趁今晚報上姓名離開吧！」

「姐姐，等一下。」信夫驚慌地叫了起來，「妳這是什麼意思？如果要談宗教，我看還是免了吧！」

「我當然不是在說宗教。」道代的聲音鎮定自若，「對於山上孝三的死感到愧疚的人，請在這裡報上姓名。」

「愧疚？」信夫反問道：「什麼意思？姐夫是自然死亡，誰都不會感到愧疚吧？」

好幾個人都點頭同意他的意見。

「不，」這時，傳來道代尖銳的聲音，「他不是自然死亡。」

她向眾人投以警戒的眼神。

「我老公是被人殺害的。」

「怎麼可能？」信夫的妻子喜久子略微遲疑地說，「剛才醫生不是說，是因為心臟麻痺造成死亡嗎？那不就是因病死亡？」

「光是這樣沒辦法斷定是自然死亡還是他殺。」哲子用老成的口吻低喃，所有人的視線都集中在她身上。她繼續說道：「醫生只說死因是心臟麻痺，無法斷定不是因為第三者的意圖刻意造成的結果。」

「刻意造成心臟麻痺？這不太可能吧！」敦司毫不猶豫地反駁。

無論哲子和敦司，都沒有為孝三的死感到難過。

「大嫂，妳到底為什麼會這麼說？」二郎垮著兩道稀疏的眉毛問。

道代深深地吸了一口氣，又緩緩吐了出來。

「因為有幾個疑點。首先，浴室的門鎖上了。我老公從來不會鎖浴室門，而且他的頭髮是乾的，這一點也不合常理。因為，他一定會在泡澡前洗頭髮，這是他的習慣。」

所有人都屏住呼吸，因為每個人都覺得浴室鎖門很不自然。

「姑且不談鎖門的事，他可能是因為喝醉了，所以才沒洗頭吧？」利彥說。

「不，不可能。」道代斬釘截鐵地否認，「他無論再怎麼醉，一定會洗頭。」

她說話時充滿自信，誰都無法反駁。

「信夫，」道代叫著弟弟的名字，他嚇了一跳，抬起了頭。「聽說你的設計公司目前陷入困境，所以多次向你姐夫要求融資，但他說不認為你有還款能力，所以拒絕了你好幾次。即使是自己的小舅子，他也不會通融，這是他的一貫作風，我知道你為這件事對他懷恨在心。」

「姐姐，妳懷疑我？」信夫驚慌失措，「妳懷疑妳的親弟弟？」
「正因為你是我弟弟，所以我才第一個點你的名字。」道代的聲音中充滿了威嚴。
「但是，如果是計畫性地想引起心臟麻痺，在入浴前灌酒的確不失為有效方法。」敦司語氣輕鬆，好像在閒聊一般，「舅舅向來心臟不好，如果喝了烈酒，引發心臟麻痺的可能性很高，搞不好把伏特加之類的酒混在普通的酒裡手法可以奏效。」
「喂，敦司。」信夫瞪著他，「並不是只有我和孝三喝酒而已，你爸爸剛才也在一起喝。」
「啊哈，是喔。」敦司聳了聳肩，絲毫不感到尷尬。
「你在胡說什麼？這和我沒有關係。」二郎生氣地說：「我哪像你一直敬大哥酒。」
「這倒未必。」
道代開了口，所有人的目光再度集中在她身上。如今，她的聲音有絕對的力量。
「雖然我不了解詳情，但我老公的保險櫃裡有一張你寫給他的五百萬借據，而且還款期限早就過了。」
「妳是說那個……」二郎皺了皺眉頭，「那是因為買股票，無論如何都需要那筆錢，所以向他周轉一下。」
「老公，我完全不知道……」真紀枝瞪著自己的丈夫。

她的丈夫把頭轉到一旁。

「沒必要告訴妳，我原本打算馬上就還錢的。」

「但是，期限……」道代說。

「期限的確已經過了，但已經請大哥寬限了。」

「他答應了嗎？」道代用懷疑的眼光看著二郎鬆弛的臉，「山上居然會答應寬限？」

我無法相信，她又補充了這一句。

孝三不可能說這種話，他經常說，即使是親戚，也要就事論事。

「話是這麼說，但我現在無錢可還，催也沒用啊。」

聽到二郎這麼說，哲子忍不住笑了出來。

「姑丈經常說，人在借錢的時候鞠躬哈腰，還錢的時候就目中無人，以為自己是老大。」

二郎滿臉通紅地準備站起來，但真紀枝阻止了他，他又坐了下來。

「請大家保持冷靜。」利彥努力用平靜的語氣呼籲大家，「光喝酒就會引起心臟麻痺嗎？這種方法不太可靠吧。」

二郎和信夫點著頭，但哲子在一旁插嘴說：「即使不可靠也沒關係，況且，眼前並不是非要殺死姑丈不可的情況。即使失敗，也不會留下任何證據，如果能順利死了，當然皆大歡喜。我記得這叫……」

「『未必故意』。」敦司補充說。

他們兩個人似乎很合得來。

「對，對，想達到未必故意的效果，讓心臟不好的人喝酒後洗澡，不失為好方法。而且，也比較不會有罪惡感。」

在場的人安靜了片刻，也許是因為發現她的話中有理。

「哲子，妳的推理很了不起，」道代說，「但光是這樣還不夠。據醫生說，他在泡澡前受了很大的刺激，比方說，曾受到了驚嚇或是被冷水潑到之類的。」

「意思是讓他受到驚嚇的人就是兇手？」利彥脫口問道。

「敦司，孝三姐夫洗澡的時候，你不是去庭院了嗎？」信夫的妻子喜久子突然問。

聽到這句話，信夫也彷彿如夢初醒般地說：「對啊，你剛才去了外面，是不是你去了浴室窗戶旁做了什麼？」

「開什麼玩笑？我為什麼要做這種事？」敦司發現矛頭突然指向自己，頓時慌了手腳。

「你或許沒有理由，但可能受人之託。然後，那個幕後黑手拚命灌孝三喝酒，在他洗澡的時候，你再去嚇他，簡直就是最佳搭擋。」

「喂，你這是什麼意思？」二郎大喝一聲。

信夫站了起來，客廳內劍拔弩張，好像隨時會大打出手。這時，道代說話了。

「等一下，你們這樣吵來吵去，也無法解決問題。請大家先坐下吧。」看到他們兩個人都坐下後，道代再度開了口，「請大家說話不要情緒化，說是對他造成刺激，其實也很難。大家來想一下到底有什麼方法，這樣或許就可以找到兇手，或許還可以因此發現共犯。」

「好啊。」二郎看著信夫他們，點點頭。

信夫也回答：「沒問題。」

但是，思考對孝三造成刺激的方法卻是個難題，尤其窗戶上裝了紗窗這一點，更限制了可能的範圍。只有直徑三毫米以內的東西可以穿越紗窗，他人無法在窗外對孝三施以外力。

在這種條件限制下，只有哲子想的方法比較可行。她認為是有人從窗外用冷水潑孝三，如果是水，即使有紗窗的阻擋，水也照樣可以潑進浴室。

「雖然有可能做到，但很危險。」利彥說：「萬一不成功呢？舅舅一定會要求他解釋，又不是小孩子在調皮搗蛋。」

「會不會是有人在窗戶外拿什麼東西嚇舅舅？」敦司也表達了意見，「比方說，把鬼面具戴在臉上，到時候可以辯解說是開玩笑。」

「雖然聽起來很有趣，但這個方法行不通。」開口的是道代，「他才不會被這種東西嚇到，而且，那時候天色已經暗了，根本看不到窗外的情況。」

「也對。」敦司不再堅持。

之後，沒有人再發表意見。通常是年輕人擅長這一類的思考，一旦哲子、敦司陷入沉默，幾乎沒有人再發言。

「今晚就討論到這裡吧？」信夫用疲憊的聲音向道代要求，「大家都累了，也想不出什麼點子。而且，即使兇手在我們其中，應該不至於逃走。」

和信夫針鋒相對的二郎也贊成這個意見，點了兩、三次頭。

「好吧，」道代環視大家後嘆了一口氣，「那今晚就到此結束吧。」

有幾個人不耐煩地站了起來，也有人搥著腰。大家都在這裡坐了很久。

「請等一下。」

這時，有人說話了。

大家一時不知道是誰發出的聲音，就連利彥也不知道。當大家發現說話的是百合子時，無不露出意外的表情。

「我也有一個想法，可以說嗎？」百合子問道代。

正準備走回自己房間的道代說：「那我就洗耳恭聽了。」

百合子看了眾人一眼，最後看著利彥說：「我想，應該是電。」

「電？」利彥反問。

「我想應該用了通電的方式。」她說，「只要把兩根電線放進浴缸後通電，即使心臟健全的人，也可能引發心臟衰竭。」

「很有可能。」敦司拍著手說，「但問題是要怎麼裝電線？」

「我想應該是兩根電線分別穿過紗窗，接下來的問題是如何避免被舅舅發現。」

「我們去浴室看看。」

道代快步朝走廊走去，其他人也都跟了上去。

來到浴室，大家立刻發現了可以隱藏電線的方法。浴缸的蓋子就放在窗邊，應該是把電線藏在蓋子後面，放進了浴缸，而且，紗窗上有兩個好像有什麼東西硬擠過去的痕跡。

「妳說對了，百合子，妳立了大功！」信夫拍著她的肩膀說。

百合子有點害羞起來。

「等一下。」這時，敦司抱著雙臂，皺著眉頭。「如果是用這種方法，到底是誰幹的？」

「應該是在姐夫洗澡之前就弄好了……」信夫想了一下，然後立刻抬起頭說：「剛才我們男人都在客廳，妳們女人呢？」

喜久子看了看真紀枝和道代說：「那時候，我們還在道代姐姐的房間。」

「所以……」道代恍然大悟，看了看周圍的人，「玉枝在哪裡？她人呢？」

「不見了，剛才還在……」二郎說。「房間。」

道代推開眾人跑上樓，她的腳步不穩，好幾次都差一點在樓梯上絆倒。

玉枝嫂的房間在二樓。打開門一看，發現玉枝嫂的身體懸在半空中。

4

事件發生至今已經十天，因為孝三的猝死和玉枝嫂的自殺而陷入一片慌亂的山上家，終於恢復了以往的生活節奏。

利彥決定在和百合子結婚之前住在這個家裡，因為道代說她很害怕，希望他陪她一起住。

那天下午，利彥迎接了兩名奇怪的訪客，其中的男人大約三十多歲，同行的女人比男人年輕了十歲。

男人身材高大，穿了一套合身的黑色西裝，輪廓很深的五官令人聯想到外國人。女人同樣穿著深色套裝，身材也不像日本人。一頭黑色長髮令人印象深刻。

「我們是俱樂部的人，」男人對利彥說：「請問夫人在家嗎？」

「俱樂部……什麼俱樂部？」利彥訝異地仰望著兩名訪客，「請問是……和獅子會相關的嗎？」

男人目不轉睛地俯視著他的臉，然後緩緩點頭。

「差不多吧。請你轉告夫人，她就知道了。」

利彥仍然不明就裡，但繼續追問似乎有點奇怪，所以去轉告了道代，沒想到她的表情頓時緊張起來。

「是偵探俱樂部。」她說：「那是有錢人專用的偵探，俱樂部採取會員制，只為會員服務。」

「妳打算委託偵探查什麼？」利彥問。

「小事情，改天再告訴你，總之，你先帶他們進來吧。」說完，道代用力深呼吸。

不一會兒，那對男女和道代就面對面坐在客廳。

道代觀察著對方的反應，小心翼翼地確認：「你們是偵探俱樂部的人嗎？」

「對。」男人回答。他的聲音沒有感情，沒有起伏。「請問您找我們有何貴幹？」

道代輕輕吐了一口氣，似乎稍稍安心了。她之前曾經聽孝三提過偵探俱樂部的事，但這是她第一次委託。她原本擔心上門的會不會是一票莫名其妙的人，見到這對男女後，覺得他們似乎可以信任。

「我想找你們商量的，是前幾天我丈夫去世的事。」道代鼓起勇氣說。

男人點了點頭。

「他在十天前，因為心臟麻痺突然死亡。」

「聽說是在浴室？」偵探用確認的語氣說。

發現他們已經知道孝三的死訊，道代更相信他們了。如果上門拜訪顧客，卻沒有事先做好功課，當然無法委託他們辦事。

「表面上是這樣，大家都知道我丈夫心臟不好，所以，很多人都表示同情。」

「但事實並非如此吧？」偵探身旁的女人問道。她說話時宛如女主播般口齒清晰，聲音也很柔和。她似乎是偵探的助理。

「的確是心臟麻痺，」道代說，「只是並非偶然的意外。」

「您的意思是，」偵探說：「是自殺的幫傭所為？」

道代轉頭看著他：「你調查得真清楚。」

「不敢當。」偵探微微欠了欠身。

「幫傭玉枝嫂殺了我丈夫。」道代向偵探解釋了使用電線的詭計，以及她自殺的經過。偵探帶著佩服的表情聽著，當道代說完後，他用力點頭。

「原來是這樣。」然後，鬆開抱著的雙手，從黑色上衣口袋裡拿出記事本。「所以，幫傭是畏罪自殺。請問，您要委託我們做什麼？」

「用一句話來說……」道代輪流看著偵探和女助理的臉，「就是查明真相。」

偵探訝異地瞇起眼睛，「什麼意思？」

「還有很多疑問無法釐清。」她回答說：「比方說，我丈夫沒有洗頭就去泡澡，還有浴室的門上了鎖。除此以外，也無法了解玉枝嫂殺害我丈夫的動機。」

「幫傭玉枝嫂殺了您丈夫這件事本身沒有疑問吧？」

「這件事應該沒有問題，另外，她也沒有自殺的動機。」

「但您為什麼認為另有真相呢？」

「因為我覺得不太對勁，當然，也許是我想太多了。」

「原來如此，」偵探仍然面無表情地用力點頭，「我認為必須查明幫傭玉枝嫂的動機，您對這樣的調查方向沒有意見吧？」

「沒問題。」

於是，道代回想起那天晚上造訪的賓客名單後，一五一十地告訴偵探，當然也沒有忘記介紹相互的關係。

偵探俐落地記錄後，又說：「可不可以請您更詳細介紹一下派對的情況做為參考？」

道代聊起派對的情況，說到敦司和行雄吵架時，偵探的眼神頓時變得銳利起來。

「他們平時的關係就很差嗎？」

「不，並不是這樣。」道代回答說：「敦司的脾氣雖然有點急躁，但很少和人這樣大吵。」

「這樣啊。」偵探用原子筆敲著桌子，連連點頭。

「關於浴室，」偵探直視著道代的臉說：「我可不可以看一下？我想知道是哪種程度的密室。」

「好。」

浴室打掃得很乾淨。案發之後，道代曾經連續好幾天都不在家裡泡澡，但去公共澡堂太麻煩了，最近又開始在家裡燒水泡澡。

「通常浴室很少裝這麼堅固的門鎖，是有什麼特殊的目的嗎？」偵探摸著門把問。

「以前，雇用年輕幫傭時，她說浴室沒有鎖感覺很不安，那時候裝的。」

「是喔，所以，鑰匙由您保管嗎？」

「對，我放在房間，從來沒有交給任何人。」

偵探點頭，走進了浴室。浴缸可以讓一個成年人伸展四肢躺在裡面，上面有一個小窗戶。

「這個窗戶呢？」

「打開著，」道代說，「但窗戶外不是有紗窗嗎？紗窗從內側用螺絲固定，不能從外面拆下來。」

「的確固定住了。」

偵探露出嚴肅的眼神觀察著紗窗。

「我會在三天後來報告一次。」回到客廳後，偵探說，「我相信這個密室之謎並不會太困難。」

「是嗎？」

「很簡單，」偵探說，「只有一個可能性，就是您先生自己鎖上的。當然，他一定有原因，我相信，這個原因和整起事件的真相有關。」

5

偵探俱樂部如約在第三天晚上前來報告。打電話的是女助理。

「玉枝嫂有一個女兒，」女助理說，「而且，她的女兒有一個今年兩歲的兒子。」

「我之前好像聽她提起過。」道代回答。

玉枝嫂很少提家人的事，但之前曾經聽她提過這件事。

「她的外孫心臟有缺陷，必須立刻動手術。」

道代並不知道這件事。

「所以呢？」道代問。

「聽說手術的費用相當龐大，玉枝嫂正在四處籌措這筆錢。」

「玉枝嫂嗎？」

「妳知道玉枝嫂去哪裡籌這筆錢嗎？」

「不知道。」道代握著電話搖頭，「我不認為她有很多存款。」

「是嗎？」

然後，女助理接著報告，目前青木行雄正被黑道追殺，不敢拋頭露臉。道代知道這件事。行雄去招惹黑道大哥的女人，對方向他勒索。不久之後，恐怕會來向道代求救，但目前他母親喜久子還拉不下臉上門借錢。

聽完以上的報告後，道代掛了電話。

當她放下聽筒後一回頭，發現利彥站在身旁。道代有點驚訝，然後露出微笑。

「嚇我一跳，怎麼了？」

「是上次的偵探打來的嗎？」利彥問。

「對啊。」道代回答。

「事情不是都已經結束了？」

道代面帶笑容，幫他把襯衫上的線頭拿掉。

「還有很多地方有疑問，我總覺得其中好像有隱情，在這些疑問水落石出之前，事件不可能結束。」

「妳多慮了。」利彥說，「一切都解決了。」

「有嗎？」道代把手放在利彥的肩上，「你今天見到百合子了嗎？」

「沒有……」

「是嗎？年輕的時候，最好每天都見面。」道代說著，把額頭靠在利彥的胸前。

他用力吐了一口氣，抽離了身體。

「我回房間了。」

「我等一下可以去找你嗎？」

「對不起，我還有工作。」

「是喔。」

利彥離開道代後，緩緩走上樓梯。

道代望著他的背影，想起數年前的某一天。

那是把利彥接來這裡同住後不久，道代從他看自己的眼神中，感受到一種對舅媽以外的感情。如果說，她自己沒有對那個眼神產生某種期待，那就是自欺欺人，相反的，她似乎在等待故事的延續。她和孝三的夫妻生活已經產生了倦怠，因此，當他憑著一股年輕的熱情，衝動地撲向她時，她的抵抗也很無力。

她早渴望已久——這才是她的心聲。

他們的祕密關係持續了很久，正當道代覺得會繼續持續下去時，得知利彥交了女朋友。

落寞和嫉妒——雖然已經一把年紀了，但這種感情支配了她。

然而，她在內心深處仍然抱著一種自負，自己是他的第一個女人，這也成為她的精神支柱。她覺得他永遠都忘不了自己。

6

又過了三天，偵探俱樂部的那對男女再度來到山上家。道代面對他們時，無法克制內心的不安。

「查到真相了嗎？」她輪流看著眼前的男女問。

「算是吧。」偵探微微欠了欠身，「我想應該已經掌握了這起事件的真相。」

道代吐了一口氣。她吐的氣中同時帶著緊張和不安。

「那就趕快告訴我吧。」道代把兩名偵探帶進客廳。

偵探把一疊報告交給道代。

「首先，我們注意到玉枝嫂採取了那種殺害方法這件事。我說的那種殺害方法，就是把電線穿過紗窗，放進浴缸，通電後導致孝三先生觸電的方法。」

「這種方法有什麼疑問嗎？」道代在腦海中思考著，問了這個問題。

「不，方法本身並沒有問題，但玉枝嫂用這種方法這件事值得矚目。玉枝嫂今年五十一歲，雖然目前科學很普及，但從她的年齡來看，能夠想到這種方法很不自然。」

道代忍不住叫了一聲，她從來沒有想到這一點，聽偵探這麼一說，才發現的確不自然。

「因此，我們認為，是她以外的人設計出這個殺害方法。」

「她以外的人？在那天的賓客中嗎？」

「顯然認為也在其中比較合理。」偵探輕輕咳了一下，「但是，到底是誰指示她用這種方法殺人，也就是命令她去殺人，顯然是對她很有影響力的人。」

「影響力。」道代重複了一遍。

這個字眼很生疏，帶有一種奇妙的感覺。

「至於這個人是誰……」

偵探遞上報告的第一頁，上面記錄了他們調查後得知的有關玉枝嫂外孫的病情。

「玉枝嫂無論如何都必須籌到錢，而根據我們的調查，她已經找到了籌錢的方法。」

「我已經聽說了。」

「由此可以推理，她的金主正是對她有巨大影響力的人。」

「願意幫她支付這筆龐大費用的人——」

道代回想起那天賓客的臉。青木信夫、中山二郎……

她搖了搖頭。

「沒有人可以拿出鉅款。」

偵探撇了撇嘴，「妳似乎忘了一個人。」

「忘了一個人？」

道代又重新回想了所有人的臉，不可能漏了誰，利彥和敦司也不可能有什麼錢。

「我想不出來，我家親戚中，最有錢的就是我丈夫——」道代說到一半，把後面的話吞了下去。

女助理似乎在竊笑著。

「不會吧，」道代喃喃地說，她的聲音略微沙啞，「該不會是我丈夫……」

「妳猜對了。」偵探說：「除此以外，沒有其他可能。」

「但是，遇害的是我丈夫，他指示玉枝嫂殺死自己？」說到這裡，她恍然大悟。「是自殺？」

「對，」偵探點了點頭，「如果是這樣，很多事情都有了合理的解釋。比方說，設置電線的問題，那不是在孝三先生泡澡前就設置好的，而是他進浴室後，外面的人——也就是玉枝嫂協助他一起設置的。玉枝嫂在窗外把電線遞給他，孝三先生在浴室內接過電線後，拉到浴缸裡……如果這時有人——比方說，您走去浴室，後果不堪涉想，所以，孝三先生就把浴室的門鎖上了。因為要自殺，所以就沒有洗頭——」

道代呆然地聽著偵探說話。

「所以，是他自殺？」

然而，偵探立刻搖了搖頭。

「不，雖然很多事都可以有合理的解釋，但我們還是認為不合理。雖然經常有一些自尊心很強的人覺得自殺很丟臉，所以用看似他殺的方式結束自己的生命，但據我們的調查，並沒有發現孝三先生有自殺的動機。」

「我想也是。」道代說，稍微鬆了一口氣。

偵探繼續說：「但是，我們還是堅持認為設置電線這件事是孝三先生指示玉枝嫂做的。於是，我們試著從完全不同的角度思考這個問題，也就是孝三先生可能是為了殺害自己以外的人而設置的……」

「自己以外的人？」

「對，但玉枝嫂中途倒戈了，最後導致他被人殺害──」

「你說我丈夫要殺的人，該不會是……」

「沒錯，」偵探閉上眼睛點了點頭，「夫人，就是您。」

7

孝三打算殺自己──道代感到輕微的暈眩，她作夢也沒有想到。

「調查結果發現，孝三先生在外面有女人了。」

偵探翻開第二頁的報告，上面貼了一張年輕女人上半身的照片。

「她是酒店的公關小姐。」偵探說，「孝三先生似乎對這段感情很認真，聽他的朋友說，他曾經提過想娶那位小姐。」

道代拿著報告的手微微顫抖。

「他想殺了我，和這個女人……」

「所以，這麼一來，就有了動機。」偵探不理會道代的激動，仍然維持公事化的口吻，「可以這麼推理。首先，孝三先生得知玉枝嫂缺錢，所以要求她配合殺妳的計畫。當然，報酬就是願意支付她外孫的治療費。這個殺人計畫就是用電線殺人，但是，玉枝嫂無意執行孝三先生的計畫。一旦孝三先生死了，財產如數由夫人繼承後，她再找您商量，應該可以借到醫療費。如果非要殺人不可，比起平時關心自己的夫人，她選擇殺孝三先生。孝三先生毫不知情地把電線放進浴缸，正當孝三先生在設置，玉枝嫂把電線的另一端放進了電源插頭。」

「所以，」道代喃喃說道，「他根本來不及洗頭髮。」

「但是，」偵探的聲音更加低沉，「即使如此，仍然還有疑問。如果玉枝嫂沒有倒戈，您死在浴室時，醫生會怎麼說？孝三先生向來心臟不好，所以醫生並沒有起疑，如果您發生心臟痲痺，應該會引起懷疑，或許會發現觸電身亡的事實。」

「的確……」

「我思考了該怎麼解決這個問題，結果發現還有一個巧妙的陷阱。」

「陷阱？」

「對，那幾個兇手創造了一個讓妳觸電身亡後，即使法醫和警方在調查時，也不會感到奇怪的狀況。」

「那幾個兇手……？」

道代搞不清楚狀況。難道是指玉枝嫂和孝三嗎？

「那就是洗衣機。」偵探用宣布的口吻說：「當您觸電身亡，屍體倒在浴缸中時，很可能引起警方的懷疑，但如果屍體倒在洗衣機旁，而且洗衣機漏電呢？警方可能就會當作意外處理，對不對？」

道代感到全身都起了雞皮疙瘩。

「那幾個兇手原本打算讓您在浴缸中觸電身亡後，再搬到洗衣機旁。」

「但是……我家的洗衣機並沒有漏電。」

「如果洗衣機旁有人觸電身亡，警方一定會問，這台洗衣機最近有沒有異常。」

「當然會回答沒有異常。」

「是嗎？當警方問這個問題時，相信有人會回答，傍晚的時候，兩個年輕人打架，把洗衣機撞倒了……」

「啊！」

「相信兇手也拔掉了接地線，如此一來，就完美無缺了。警方會調查洗衣機，即使現在沒有漏電，也無法斷言過去沒有漏電。警方會認為可能是打架撞倒時，哪裡暫時發生了漏電，就不會有任何人遭到懷疑。」

「打架的是敦司和行雄……所以，他們是幫兇嗎？」

道代這才想起他們吵架的理由很無聊。

「不，應該只有行雄而已，敦司只是被行雄選中的吵架對象。行雄去招惹了黑道大哥的女人，十分缺錢，所以受孝三先生雇用。」

「所以說，」道代深深地嘆了一口氣，抓著頭髮，「我丈夫、玉枝嫂和行雄——他們三個人密謀殺我。」

偵探沒有立刻回答，微微向右側偏著頭。他很少出現這種不乾脆的態度，道代不禁感到納悶。

「其實，還有一個幫兇。」偵探說：「從這幾個人的性格研判，沒有人能夠設計出這次的殺人計畫，所以，應該還有另一個扮演智囊角色的人。」

「智囊？」

「這時，我想起孝三先生入浴時，洗衣機正在洗衣服這件事。兇手原本打算造成您在洗完澡後，因為洗衣機漏電意外身亡的假象，所以，洗衣機當然必須插著電源。但是，為什麼這麼晚了還要洗衣服，因為有人刻意讓它運轉。」

「利彥嗎？」

利彥在勸架時，襯衫被弄髒了。他還說，第二天要穿那件襯衫去見人，希望今天洗乾淨——

「利彥。」道代又重複了一次這個名字。

從某種意義上來說，這個事實比她得知孝三想要殺死自己時更受打擊。

「從他的性格分析，完全有可能設計出這麼周詳的計畫，所以，我們才斷言他是智囊。但是，我們想不透一件事，就是利彥想要殺您的動機。他為什麼會答應加入？我們找不到理由。」

孝三——

他一定知道自己和利彥的關係，也知道利彥想結束和自己之間的關係。道代心想。

她茫然地看著偵探的報告，上面貼著利彥的照片。

利彥白淨的臉上戴了一副金框眼鏡。

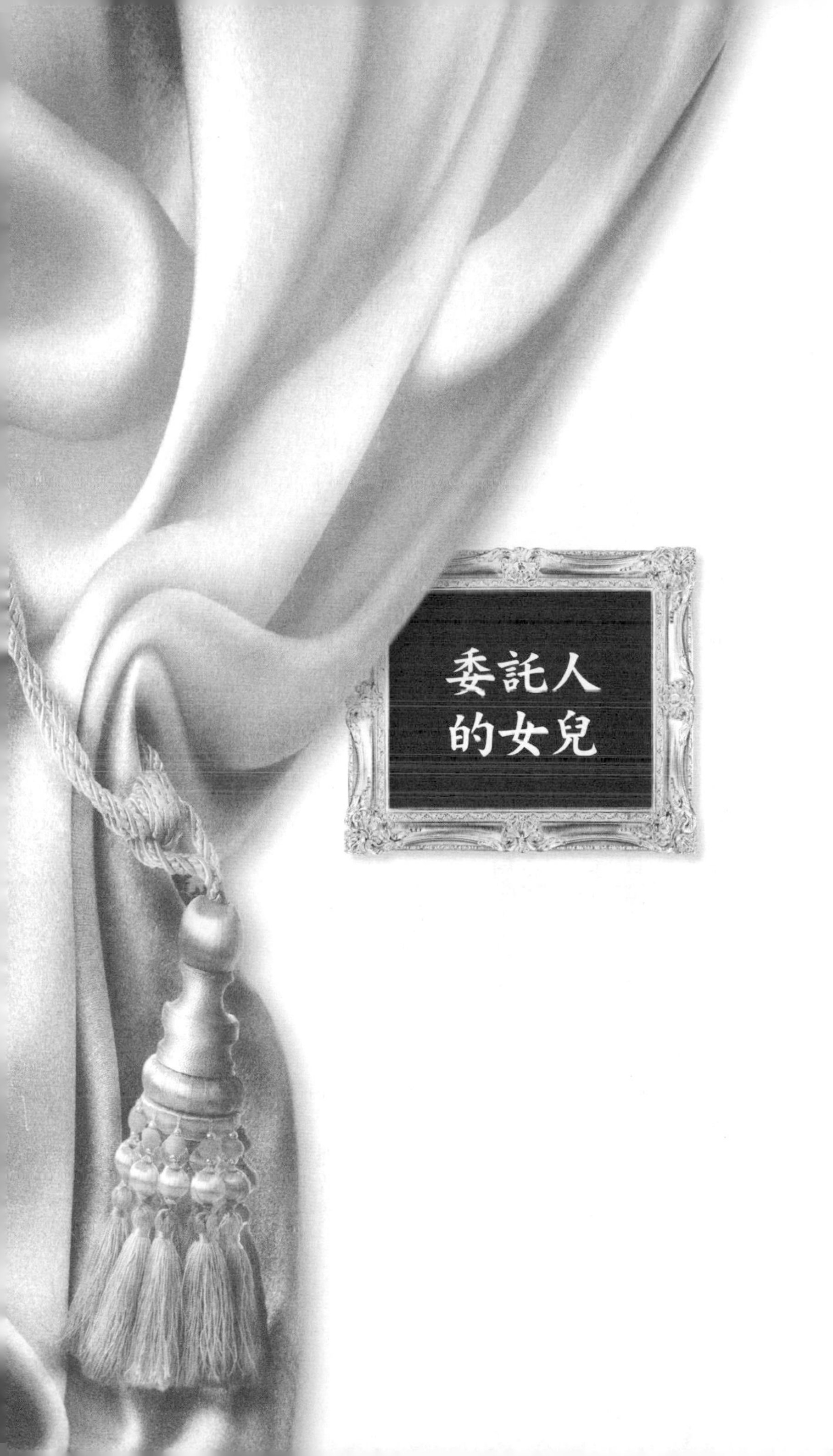
委託人
的女兒

1

八月某個晴朗的日子，美幸在社團活動結束後，回到家門前，發現從家裡散發出一種奇妙的空氣。

美幸停下腳步，站在大門口眺望自己的家，那是一種虛假的空氣，整棟房子似乎變成了假房子。

這當然是不可能的事。美幸微微偏著頭，聳了聳肩，走進家門。

玄關的門沒有鎖。

「我回來了。」美幸一邊脫鞋子，一邊對著屋內說。

聲音似乎久久無法散去，彷彿對著井中說話，而且屋內沒有任何反應。

「沒人在家嗎？」

她又問了一句，才在自己剛脫下的鞋子旁發現一雙熟悉的皮鞋。她當然很熟悉，因為那是父親陽助的鞋子。

父親的鞋子整齊地放在那裡。

「爸爸，你在家嗎？媽媽呢？」

美幸沿著走廊走進屋內，客廳的門敞開著，燈光洩了出來。

「有人……」

她一走進客廳，頓時倒吸了一口氣。因為她看到坐在沙發上的影子，那是父親陽助的背影，穿著白色短袖襯衫的他宛如岩石般垂頭喪氣地坐在那裡。

「怎麼了？」她問。

陽助左手的手指夾了一根點了火的菸，正裊裊地冒著白煙。停頓了一秒之後，父親微微轉頭看著她的方向，然後，好像突然想起來似的把菸灰彈在菸灰缸裡。

「美幸嗎？」他的聲音略微嘶啞，語氣格外沉重。「其實是……」

他正準備往下說，玄關的門鈴響了。他驚嚇地停了下來，看向玄關的方向。

「怎麼了？」美幸問。

然而，陽助的臉頰痛苦地痙攣著，他把視線從女兒身上移開，帶著蹣跚的步伐沿著走廊走去玄關。一打開玄關的門，身穿制服的警官站在門口。

這兩名警官就像埴輪陶偶（註：常見裝飾於日本古代墳墓頂部和四周的素陶偶。）般面無表情。

其中一名警官問陽助：「屍體在哪裡？」

屍體？

「噓。」陽助對警官說，回頭看著美幸。

那一剎那，美幸才意識到出事了，然後，不加思索地邁開步伐。

「啊，不能去二樓！」當她衝上樓梯時，陽助大叫著。

然而，陽助的聲音無法阻止她的腳步，只是更強烈地證明了她的直覺。

美幸幾乎毫不猶豫地打開了父母臥室的門，看到了媽媽。

媽媽已經死了。

2

八月的某一天，美幸回家時，媽媽已經死了——

而且，媽媽死在血泊之中。

白色床單上的血跡訴說著當時的流血量多麼驚人，但她的記憶到此為止。當美幸清醒過來時，發現正躺在自己房間的床上。

她覺得腳很重，抬眼一看，發現姐姐享子正趴在床邊。她坐在床邊地板上，雙手放在美幸的腳邊，額頭枕在手上。

享子一動也不動，美幸稍微坐起身體時，享子也立刻抬起頭。

「妳醒了。」姐姐說。她的聲音聽起來好像在發高燒。

「我，」美幸摸了摸自己的臉頰，「是在作夢嗎？」

享子沉重地搖著頭。

「可惜……那不是夢。」

美幸沉默不語，覺得有什麼東西從腹部下方湧上來。

「我跟妳說，」享子說著，直視著美幸，「媽媽死了。」

一片死寂。

「被人殺害了。」

美幸想說什麼，但牙齒無法咬在一起，也無法發出聲音，只有心臟跳得特別快。

「是被人殺害的。」享子又說了一次，似乎覺得妹妹還沒有搞清楚狀況。

「被……誰？」美幸好不容易才說出這句話。

「現在還不知道，」享子說，「警察剛才已經來了，正在調查，妳可以聽到外面的聲音吧？」

的確可以聽到很多人走來走去的動靜和說話聲音。

美幸用被子蒙住了頭，大聲哭了起來。

當她的眼淚哭乾時，響起了敲門聲。美幸聽到享子起身去開門，然後又走了回來，把臉靠近美幸的耳邊。

「是警察，說想問我們一些事，」享子問：「怎麼辦？還是請他們晚一點再問妳？」

美幸想了一下，在被子下搖了搖頭。雖然她不想見任何人，但她想從警方那裡了解詳細的情況。

享子等她坐起來後，打開了房門。走進來一個三十多歲，體格很壯碩的男人。

「可以問妳們幾個問題嗎？」男人在床邊坐下來問。

他的聲音很親切，美幸點了點頭。

「聽說妳去了社團，請問是幾點回來的？」

美幸參加了高中的網球社。

「嗯……好像是兩點半過後。」

社團練習到兩點，之後又和同學一起去喝了果汁才回家。

「然後，就看到了妳媽媽？」

「對……」

「結果就昏過去了？」

美幸低下頭，她對看到媽媽的屍體後昏過去這件事感到很愧疚。

「可不可以請妳把回家後、到去妳媽媽房間這段時間的情況告訴我？」

美幸一邊回憶，一邊緩緩地說了出來，內容都平淡無奇。

「妳去媽媽房間時，有沒有發現什麼和平常不同的地方？」

「和平常不同的地方？」

最大的不同，就是媽媽死了，除此以外，她想不出還有什麼不一樣。當時，她根本沒有餘力思考這些事。

刑警的視線移向享子。

「妳幾點回家的？」

「三點左右，那時候警察已經在家裡了。」享子口齒清晰地回答，真不愧是人學生。

「請問妳去哪裡了？」

「圖書館，」她回答，「我中午出門的。」

「中午幾點左右？」

享子偏著頭想了一下回答：「應該是一點多，我吃了午飯後才出門的。」

「妳出門時，妳媽媽在家嗎？」

「在。」

「有沒有和平時不一樣的地方？」

聽到刑警的問題，享子再度偏著頭，然後輕輕閉上眼睛。當她張開眼睛時，看著刑警。

「不，我不記得有什麼不一樣。」

「是嗎？」

接著，刑警問了家裡鎖門的情況。也就是媽媽妙子一個人在家時，哪幾個地方的門會鎖上。

「幾乎可以說是毫無防備，」享子代表回答，「玄關也沒鎖，從院子那裡也可以進來這個家裡，因為門都開著。」

美幸心情沉重地聽姐姐說著，這代表以後在家的時候，也要注意把每道門都鎖好嗎？

然後，刑警問她們知不知道是誰殺了她媽媽，兩姐妹理所當然地搖頭。刑警點了點頭，闔上記事本。

「嗯……」看到他站起身，美幸慌忙叫住了他。

刑警半蹲著身體，回頭看著她。

「請問……我媽媽是怎麼被殺的？」

刑警露出困惑的表情瞥了享子一眼，似乎在問：我可以說嗎？於是，美幸看著姐姐。

「刀子刺進她的胸口。」享子無奈地說。說話時，用食指摸著胸口的左側。「所以流了很多血，妳有看到吧？」

美幸想說「看到了」，但聲音發不出來，身體卻顫抖著。

「不會是自殺吧？」享子問。

刑警點點頭。

「在房間角落的垃圾桶內發現了看起來像是兇器的水果刀，上面的指紋被擦掉了，我們認為是他殺。」

「所以……媽媽是幾點被殺的？」美幸膽戰心驚地問。

刑警翻開記事本。

「綜合剛才的證詞，是享子小姐一點左右離開家之後，到男主人──就是妳們的爸爸──發現屍體的兩點半之間。」

「一點到兩點半……」美幸重複了一遍後，產生了疑問。

「為什麼爸爸今天這麼早回來？」

陽助是本地一家製藥廠業務部門的高階主管，以前幾乎從來沒有這麼早回家過。

「因為爸爸身體不舒服，所以提早下班回家了。」享子告訴她，「但回家之後發現出了大事，根本顧不得自己的身體了。」

「爸爸……是爸爸第一個發現媽媽的屍體嗎？」美幸問刑警。

「對，發現之後就立刻打了電話報警，他剛打完電話，妳就回家了。」

「剛打完電話……」

「因為還在勘驗現場，所以會有點吵，妳最好再休息一下。我的話已經問完了。」說完，刑警走了出去。

享子也跟著他走出了房間，等他們走出去後，美幸再度蓋上被子，但她的腦子很清楚。

如果陽助回來時，妙子已經死了……

——爸爸從來不會把脫下的鞋子放好，到底是誰把那雙鞋子放好的？

3

客廳內，其他刑警正在向這個家的男主人的場陽助了解案發當時的情況。

「這只是形式化的訊問，」刑警打了一聲招呼，「你說你兩點半左右回到家裡，有什麼可以證明這一點嗎？」

「證明？你們在懷疑我嗎？」陽助拉高了音量，臉上的表情也嚴肅起來。

刑警拚命搖著右手。

「因為這個時間很關鍵，如果有證據可以在客觀上證明這一點，也可以決定今後偵辦的方向。」

這名刑警說話拖泥帶水。

陽助吐了一口氣，把手放在額頭上問：「證人是家人也可以嗎？」

「家人……你是說？」

「我的小姨子大塚典子。她就住在附近，今天我兩點左右離開公司時，剛好遇見她，她正好要回家，我就順便送她回家了。如果問她，她應該可以證明，所以我才問家人可不可以作證。」

「原來是這樣。」刑警想了一下後，點點頭。「還有其他的嗎？」

「嗯……」陽助抓著頭髮，然後停下手，好像終於想起了什麼。「雖然我不知道能不能做為證明，但我在兩點多時打了一通電話。」

「電話？打給誰？」

「先打回家裡，想告訴我太太等一下就回家了，但沒有人接電話，所以又打電話到隔壁鄰居家。」

「等、等一下。」刑警似乎慌了手腳，伸出右手制止。「這麼重要的事，你應該早一點說。你兩點多打電話回家時，沒有人接電話嗎？」

「對。」

「所以，你就打電話到隔壁鄰居家。」

「因為我很擔心，所以請鄰居幫忙察看一下我家的情況。」

「鄰居是怎麼回答的？」

「鄰居太太說，好像沒有人在家。所以，我想她可能出門了。」

「你打電話時，妙子太太的妹妹也和你在一起嗎？」

「和我在一起。」

「是喔……」刑警用自動鉛筆的筆頭搔了搔鼻翼，發出一聲叫聲。

「兩個女兒的情況怎麼樣？」剛才負責向陽助了解情況的前輩田宮，詢問從美幸房間走出來的真田。

他們都是搜查一課的刑警。田宮和真田不同，瘦瘦的、顴骨也很高，一雙大眼睛看起來很兇，的確不太適合向高中一年級的小女生了解案情，於是，剛才由真田單獨前往。

「大女兒一點左右出門，時間上符合。」

聽完真田的報告，田宮點點頭。

「被殺害的時間應該是兩點左右，當時，妙子太太一個人在家，兇手鎖定了這個時間。」

「看起來不像是偷竊。」

「不是。」田宮說，「室內沒有翻動的痕跡，而且也沒有東西遭竊。」

「也沒有打鬥的痕跡嗎？」

「沒有，所以只剩下仇殺，或是情殺的可能……」

「死者和她先生的關係怎麼樣？」真田壓低了嗓門，「他說兩點半回到家，有不在場證明嗎？」

「嗯，關於這一點，已經有證人了。」

田宮把死者的妹妹是證人這件事告訴了田宮，可是因為大塚典子不在家，目前還無法確認。

「她是的場妙子的親妹妹嗎？」真田露出懷疑的眼神問。

「當然，只是還沒調查她們姐妹的感情。」

「剛好遇到，會不會太巧了？」

「但不能因為這個原因就懷疑——對了，你可不可以跟我來一下？」

田宮帶著真田來到隔壁鄰居家，雖然鄰居家比的場家小一點，但停車場也可以停兩輛車。

開門的是一位中年發福、一看就知道是三姑六婆型的女人。她已經知道命案的事，聽到田宮他們報上姓名後，立刻雙眼發亮，等待他們發問。

「聽的場先生說，他在兩點多時曾經打電話到妳家。」

田宮向她確認了陽助剛才說的話，鄰居的主婦用力點頭。

「他的確有打過電話給我，叫我去看一下他家的情況。我特地去二樓張望了一下。」

她在說「特地」這兩個字時特別大聲。

「當時，他家沒有人嗎？」田宮問。

「對，我跟你們說啊……」鄰居的這位主婦一下子握著雙手，一下子鬆開，顯得心神不寧。她不像是難以啟齒，而是在等待兩位刑警追問她。

「怎麼了？」田宮追問道，滿足了她的期待。

「因為你們是刑警，所以我才告訴你們。」她抬起頭，好像終於下定了決心。「有一個男人在他家門口晃來晃去，雖然也可能是推銷員。」

「男人？」田宮神色緊張起來，「怎樣的男人？」

聽到前輩刑警發問，真田慌忙打開記事本。

「呃，不到四十歲，瘦瘦的、頭髮有點長、五官很端正、鼻子很挺，穿了一套筆挺的深藍色西裝，還拎了一個很大的包，有點像行李袋。」

「行李袋……嗎？」田宮微微偏著頭，「那個男人之後去了哪裡？」

「不知道，我稍微一分神，他就不見了。」

「男人喔……」

兩名刑警向那名主婦道謝後，離開了她家。

田宮他們回到的場家時，被害人妙子的親妹妹大塚典子也來了。他們在的場家的客廳見到了她。

典子三十五歲左右，是一個文靜的女人，妙子很漂亮，她的妹妹也是美女。她的眼眶有點泛紅，但沒有情緒失控，雙手緊握著手帕，引起了田宮的注意。

田宮首先問她對妙子遇害有什麼看法，請她談談妙子最近的言行和交友情況。但是，典子的回答中沒有任何值得刑警參考的內容，因為她們最近很少見面。

「聽說妳今天出門了？」在問完形式化的問題後，田宮再度問道，「去了哪裡？」

「去街上買點東西。」典子回答時的語氣很平淡。「回家之後，又去了附近的超市。」

「妳一個人出門買東西嗎？」

「一個人，但回來時遇見了陽助，他開車送我回家。」

田宮和一旁的真田交換了眼神後又問：「妳幾點遇見陽助先生？」

典子偏頭想了一下後回答：「應該是兩點左右。」

「然後就直接回家了嗎？」

「不，」她回答後，又想了一下，「陽助打了一通電話回家，然後就送我回家了。」

「原來是這樣，太感謝了。」兩名刑警向她鞠躬道謝。

4

命案發生後已經過了四天，雖然警方積極偵辦，卻仍然無法將兇手逮捕歸案。

這一天，美幸難得參加了網球社的練習，希望可以調節一下心情。社團的同學都比平時更關心她，她也努力表現得開朗，回應大家的關心。

社團練習結束後，她和同學一起去了平時經常造訪的那家水果百匯店，和同學一邊喝果汁，一邊聊天是一大樂趣。

聊天的時候，不知道怎麼聊到了汽車的話題，大家討論喜歡怎樣的車子。

「美幸，妳爸爸開的車子很高級。」其中一個叫知美的同學說。

「有嗎？」美幸偏著頭回答。

陽助開的是奧迪的車子。

「很帥氣啊，我爸開的是國產車，而且已經買了好幾年了，外形也很落伍，即使坐那種車子去兜風也神氣不起來，丟臉死了。」

「對了，美幸，我上次剛好在路上看到妳爸爸開車。」另一個同學厚子說：「那天我腳受傷，不是沒來參加社團活動嗎？我去醫院時，看到妳爸爸的車子在一丁目的號誌燈前。」

厚子社團活動請假的那一天，就是命案發生的那一天——

美幸想到這件事，情不自禁地閉口不語，低下了頭。知美察覺了她的變化，戳了戳厚子。

「啊，對不起。」厚子輕聲說：「我太遲鈍了……真的對不起。」

「沒事，別在意。」美幸抬頭，露出潔白的牙齒一笑。「對了，我爸爸的車上是不是有載人？」

那天，陽助在離開公司後，立刻遇到了阿姨典子。開車回到一丁目時，典子應該也坐在車上。

但厚子露出納悶的表情回答說：「沒有啊，只有妳爸爸一個人。」

難道已經送阿姨典子回家了？

「幾點的時候？」美幸問。

厚子想了一下說：「我記得是一點半左右，因為我到醫院的時候是一點四十分，所以不會錯啦。」

「一點半……」美幸偏著頭。

據陽助說，他兩點之前離開公司，兩點半到家，這個時間不可能在路上開車。

「妳沒有搞錯時間？」

「不會啊，我應該沒有搞錯。」

厚子似乎覺得自己又說錯話了，露出不安的表情。

和同學道別回家的途中，有人從背後拍了拍美幸的肩膀。回頭一看，原來是姐姐享子從後面追了上來。

「姐姐……」

「怎麼了？妳好像有心事？」亨子問。

美幸猶豫了一下，把對爸爸行動的疑問告訴了姐姐。她無法告訴別人這些話，她們一邊走，一邊聊。即使亨子聽美幸說完後，仍然不發一語，默默地走向回家的方向。走進家門後，她抓著美幸的雙肩，低頭直視著她的臉。美幸覺得姐姐的眼神很可怕。

「妳沒有把這件事告訴別人吧？」亨子問。雖然聲音很低沉，卻很有力。

看到美幸點頭後，亨子才終於鬆了一口氣地點頭，鬆開了放在她肩上的手。

「聽好了，以後也絕對不能告訴別人這件事。另外，再去告訴妳那個同學，她應該看錯人了，叫她不要到處亂說。」

「為什麼？」美幸問，「厚子認識爸爸，不可能看錯人，而且車子也一樣……」

美幸沒有繼續說下去，是因為亨子把食指放在嘴唇前。

「聽好囉，爸爸兩點之前離開公司，兩點半到家，中途送典子阿姨回家，這就是真相。美幸，妳不要胡思亂想。」

「但是……」

「總之，妳要記得叮嚀妳的同學不要亂說話，沒問題吧？」說完，亨子走回自己的房間。

那天晚上，典子來美幸他們家，為他們準備晚餐。她說因為她丈夫要應酬，所以也留下來和他們一起吃晚餐。

典子坐在旁邊時，美幸經常會緊張，因為她不經意的動作或聲音都很像母親妙子。

「阿姨，」吃到一半時，美幸問典子：「媽媽被殺害那一天，妳不是出去買東西嗎？」

典子一臉心虛的表情，瞥了陽助一眼後點頭說：「對，是啊。」

「妳去買什麼？衣服嗎？」

「美幸，」享子叫了一聲，「別問了，這和妳沒有關係。」

「我只是隨口問問而已嘛！」美幸看著姐姐，嘟起了嘴。

「別多管閒事。」

「喂，這是怎麼回事？」一直沒有說話的陽助忍不住插嘴問。「媽媽已經不在了，妳們兩姐妹要相互多關心。」

美幸把刀叉一丟，站了起來。

「美幸！」享子又叫住了她

「我知道啦，反正你們什麼事都瞞著我。」

「妳在說什麼？」

「算了啦。」美幸衝回自己的房間。

5

翌日中午，美幸坐在學校附近的一家咖啡店。她穿了一件藍色T恤，綁著馬尾。雖然她不喜歡這身打扮，但只想到這身打扮比較好認。

她看了一眼米奇的手錶，距離一點還有五分鐘，美幸猶豫了一下，加點了一杯柳橙汁。因為緊張的關係，她覺得口特別渴。

那對男女在一點準時出現，美幸一眼就認出他們就是自己在等的人。即使天氣酷熱，那個男人仍然穿著黑色西裝，女人穿著黑色套裝，和電話中說的一樣。

那個男人戴著墨鏡，一看到美幸，立刻用食指把墨鏡往上推。

「妳是的場美幸小姐吧？」男人問。他的聲音粗獷，但很響亮。

美幸點頭，那對男女一言不發地在她對面坐了下來。

「請問……你們是偵探吧？」美幸問。

但他們沒有回答，向走來的女服務生點了咖啡。那個女人的聲音好像主播，很好聽。

「請問有什麼事？」男人問，似乎也回答了她剛才的發問。

美幸是在偶然的機會知道有「偵探俱樂部」的。那天，陽助去打高爾夫，她有急事要聯絡，翻開父親的通訊錄想找球場的電話時，看到其中有一欄寫著「偵探」。她記住了這件事，今天早上又從通訊錄上找到了這個電話。

「呃……我是的場陽助的女兒……」

美幸打算自我介紹，男偵探伸出右手制止了她。

「我們對妳有相當程度的了解，所以請直接說重點吧。應該和妳母親遇害的事件有關吧？」

美幸驚訝地瞪大眼睛。

「你們果然知道，因為報紙上也登了。」

「即使報紙不登，我們也知道。先不談這個，請問找我們有什麼事？」

女服務生送來了咖啡。等女服務生離開，美幸開了口。

「呃……其實，我覺得自從命案發生後，大家的態度都很奇怪。」

「大家是指？」

「爸爸和姐姐，還有阿姨三個人。他們好像在隱瞞什麼，也趁我不在的時候悄悄地商量事情。每次我提到命案的事，他們就阻止我說下去。」

「是嗎？」偵探看了旁邊的女人一眼，然後，又將視線移向美幸。「可能大人只是在商量事情，沒必要告訴妳而已。」

「不可能。」美幸大聲反駁，她最討厭別人把她當成小孩子，「不光是這樣，爸爸告訴警方的話有很多不對勁的地方。」

美幸把同學在和陽助的證詞不符合的時間看到了他，以及當時阿姨並沒有坐在車上，還有妙子遇害那一天，陽助的鞋子整齊地放在門口這幾件事統統告訴了偵探。

「如果妳這些話屬實，的確有點不對勁。」

偵探說話的聲音難以判斷他對這些事有沒有興趣。

「對吧？所以，我希望你們調查一下，爸爸他們到底在隱瞞我什麼？」

「既然妳有疑問，為什麼不告訴警方？」

「不行！」這一次，美幸說得太大聲了，周圍人全都看著她，她趕緊縮起腦袋。

「如果告訴警方，爸爸可能會遭到懷疑，所以，我才拜託你們調查。」

偵探抱著雙臂，仰望著天花板，終於下定決心地點了點頭。

「那這麼辦吧，我會先調查他們三個人的行為，如果發現有可疑之處，再進一步調查。」

「好，可以啊。」

「對了，調查費要怎麼處理？妳打算請妳父親幫妳支付嗎？」

「調查費就是指錢的事吧……要多少錢？」

偵探先說了聲「先這樣吧」，然後說出了大致的金額。美幸單手托腮想了一下，猛然拍了一下手。

「過年時的壓歲錢我都沒動，我想應該可以湊齊。」

「壓歲錢……」

「請你們加油。」美幸伸出右手說。

「謝謝。」偵探說著，也伸手和她握了手。

6

命案發生一週後，的場享子來到搜查一課找刑警真田。雖然警方連日偵辦，但至今仍未找到一條有力的線索，搜查總部也開始焦急起來。

真田在辦公室角落的會客室內與的場享子會面。享子比上次看到她時的氣色好多了。

「你們知道我媽媽每個月都會去附近的文化中心上一次籐工藝課嗎？」她吞吞吐吐

地問。

「知道，聽說她是從半年前開始的。」

真田也去文化中心打聽過，但沒有任何收穫。

「我媽媽每次去文化中心時，都會拿同一個皮包。昨天，我在整理那個皮包時，看到了這個。」

享子遞上一張名片。真田接了過來。

新幸文化中心　油畫講師　中野修

名片上印了以上的內容，「新幸文化中心」就是妙子去上課的那個文化中心。

「妳認識這個姓中野的人嗎？」真田問享子。

她立刻搖頭。「我從來沒聽說過。」

「妳母親除了籐工藝以外，還學油畫嗎？」

「不，我媽媽從來沒有提過油畫的事，所以，我才會納悶為什麼會有這張名片……」

「原來是這樣，這張名片可以先借用一下嗎？」真田再度拿起名片。

「沒問題。」享子點頭。

田宮和真田兩名刑警當天就找到了中野修。那天，他剛好在文化中心上油畫課，於是，兩名刑警在文化中心的會客室內見到了中野。中野留著長髮、臉很瘦，從他的外形不難想像他細膩的畫筆。

「的場太太嗎……？」

中野看著田宮拿出的妙子照片，偏著頭說：「我想不起來。因為工作的關係，我經常和很多人接觸，也許是那個時候遞上了名片……她怎麼了嗎？」

「不，你不知道她出了事嗎？她一個星期前被人殺害了。」

聽到田宮的說明，中野露骨地皺起眉頭。

「是嗎？現在的治安太壞了，有沒有抓到兇手？」

「目前正在偵辦……對了，可以借閱一下上油畫課的學員名冊嗎？」

「名冊？你們要名冊幹嘛？」

田宮發現中野的臉上掠過陰影，但仍然假裝沒看到，回答說：「想確認一下學員中有沒有認識的場太太的人。」

「原來是這樣，」中野說，「你們可以去向負責學務的職員借，但希望你們不會造成學員的困擾。」

「我們會充分注意這一點。」說著，田宮站了起來。

田宮和真田回到警局後，立刻分頭打電話給上油畫課的學員。如果上油畫課的學員中有人認識妙子，就可以查出她新的交友關係。

他們很快找到了認識的場妙子的女學員，真田找到的這位古川昌子剛好住在警局附近，兩名刑警立刻上門拜訪。

「沒錯，我認識的場太太，聽說她死了。」

古川昌子個子嬌小，看起來很善良，但似乎有點緊張。田宮認為這是面對刑警時的正常反應。

「妳們是怎麼認識的？」田宮努力用平靜的口吻問。

「因為我們前年去同一個駕訓班學開車。」古川昌子回答：「之後，曾經有一段時間沒見面，在文化中心巧遇後，才變成好朋友。雖然她學的是籐工藝，我上的是油畫課……」她說話的聲音愈來愈小，態度也變得愈來愈謹慎。

「是中野修老師上的油畫課吧？」田宮在問話時注意著她的反應。

古川昌子的身體微微顫抖了一下，小聲回答說：「對……」

「妳有沒有把中野先生介紹給的場太太？」

「呃？這……」

「妳曾經介紹他們認識？」

她微微點頭，然後吞吞吐吐地說：「因為……的場太太說，上完籐工藝的課程之後，她還想學點其他的，我就建議她學油畫。她來試聽時，我向她介紹了中野老師。那天老師剛好有課，我帶的場太太去了中野老師的辦公室。」

「這是什麼時候的事？」

「差不多半年前。」古川昌子拿出手帕，擦著額頭上滲出的汗珠。

「之後，你們三個人有沒有一起見面？我說的三個人，是指妳、的場太太和中野先生。」

她搖搖頭。

「之後，我們三個人沒有一起見過面，但是……」

「但是？」田宮低頭看著欲言又止的她。

她終於下定決心地開了口。

「我應該早一點告訴你們這件事，但我不希望捲入是非，所以就一直沒有說。」

「是什麼事？」

「那個，就是……命案發生那一天，的場太太曾經打了一通奇怪的電話給我。」

「奇怪的電話？請問是什麼電話？」

「她說要我轉告中野老師，她以後不會再去文化中心了。」

「不去文化中心？」田宮重複了一遍，和真田互看了一眼。他也納悶地偏著頭。

「這是怎麼回事？」田宮問古川昌子。

「不知道，我也問她是什麼意思，她只說，以後不想再見到中野老師了……說完之後，就掛上了電話。」

「原來是這樣。」田宮用左手摸著冒著鬍碴的下巴，他似乎漸漸看到了這起命案的輪廓。

兩名刑警離開古川昌子家後，立刻趕去新幸文化中心的辦公室，借了中野的照片，又去了的場家。不，正確地說，是去的場的鄰居家。鄰居家的主婦在案發當天，曾經看到可疑男子在的場家門口徘徊。

「很像。」她看了刑警出示的照片，略帶激動地說：「我想應該不會錯，很像。這個人是誰？」

但是，兩名刑警沒有回答她的問題，心滿意足地離開了她家。

「不在場證明嗎？」中野皺起眉頭喝著咖啡店的咖啡後說。

「對，那天的兩點前後，請問你在哪裡？」田宮問。
「開什麼玩笑，我為什麼要對的場太太……她好像是叫這個名字吧？我為什麼要殺她？」
「中野先生，」田宮用低沉的聲音叫了他一聲，「你和的場妙子太太是不是有特殊的關係？」
中野的臉扭曲著，似乎想擠出笑容。
「你、你們憑什麼說這麼荒謬的話！」
「你認識古川太太吧？」真田插嘴問。
中野心虛地閉了嘴。
「的場太太在遇害之前打電話給古川太太，當時，她說以後不會再見你了。」
即使在旁人眼中，也可以清楚地看到中野的臉色一陣青，一陣白。
田宮故意緩緩地喝了一口水，觀察他的反應後說：「中野先生，那天，的場太太的鄰居看到一個很像你的人。」
中野聽到這句話，瞪大了眼睛。他乾瘦的胸膛上下起伏著。
「請問這是怎麼回事？」
「……」

「既然如此，我們就不得不調查你的不在場證明，了解嗎？請你告訴我們，你那天到底在哪裡？」

中野用雙手捂著臉，低聲呻吟起來。搞定了。田宮心想。原本以為他很難對付，沒想到這麼輕易地解決了。

「我們還是去警局好好聊吧。」田宮起身，把手放在中野的肩上。

然而，事情並不如田宮想像中那麼簡單，中野矢口否認自己行兇。

「我和的場太太的確交情匪淺。」他雙手抓著頭髮坦承，「我和她都是真心的，不是逢場作戲。我要求她離開她丈夫，和我結婚。」

「但是她不肯答應，於是你就殺了她？」

「不是。她答應了，但沒有勇氣向她丈夫坦承一切。所以，我們決定私奔，就在她遇害的那一天。」

「你的意思是，她打算離家和你私奔？」

「對，我們約在車站前一家名叫『文藝復興』的咖啡店，打算見面之後，去我最近租的公寓。」

「但她沒有來？」

中野聽到田宮的話，低下了頭。「她沒有來。」

「所以，你就衝去她家？」

「沒有，是因為她找我去，我才會去她家。」

「她找你去？」

「對，她打電話到咖啡店，叫我馬上去找她。她說家裡沒有人，我可以直接進去，我馬上就趕了過去，發現她已經陳屍在二樓的臥室。」

「你別胡說八道了。」田宮伸手抓著中野上衣的領子，「你別忘了，的場妙子在遇害之前，曾經打電話給古川太太，說不想再見到你。被害人說不想再見你，怎麼可能找你去她家？」

中野拚命搖頭。「這我就不知道了，我只知道我去她家的時候，她已經死了。」

「別再胡說八道了！」田宮怒斥道，「她打電話到咖啡店，是告訴你她已經回心轉意。於是，你就怒氣沖沖地去她家興師問罪，沒想到她心意堅定，你惱羞成怒，用旁邊的刀子殺了她。」

「不是這樣的，請你們相信我，真的不是這樣……」中野用嘶啞的聲音慘叫道。

7

美幸在上次那家咖啡店見到了兩名偵探，男偵探仍然穿著黑色西裝，看起來像他助理的女人穿著黑色的針織衫。

「警方好像已經破案了。」偵探說。

「對，但兇手還沒有完全招供。」

美幸如實轉述了從刑警那裡聽來的話。他還沒有完全招供——

「但刑警說，那個男人就是兇手。」

得知母親外遇，打算和這個男人私奔時，美幸的確很受打擊。而且，母親還被外遇的男人殺害了。然而，唯一讓她感到欣慰的是，母親在最後關頭改變了主意。美幸認為，每個人都會犯錯，但有沒有悔過之心最重要，因此，美幸發自內心地痛恨那個因為母親變心而奪走她生命的中野。

「所以，這次的調查還要繼續嗎？」偵探用很公事化的口吻問，「既然兇手已經抓到，對妳來說事情也就解決了，委託我們調查也失去了意義。」

「不，我想知道你們的調查結果。」美幸對偵探說：「雖然已經破案，但爸爸和姐姐當時的舉動還是很奇怪。」

偵探垂下眼睛片刻，立刻點了點頭。

「好，那我就把結果告訴妳。」

偵探從皮包裡拿出一疊報告。

「先說結論：的場陽助先生、享子小姐和大塚典子太太這三個人最近的行動沒有可疑之處，他們都像往常一樣，該上班的上班，該上課的上課，該買東西的買東西，結束平凡的一天後就回家了。」

偵探遞上的報告中貼著他們三個人分別去公司、去學校和去買菜的照片，似乎沒有可疑之處。

「但是，他們三個人的確有事瞞著我，偵探先生，難道沒有辦法調查出來嗎？」

「嗯，關於這件事。」偵探調整了坐姿，輕輕咳了一下。然後，喝了一口黑咖啡。

「我們大致掌握了陽助先生那一天的行蹤。那天，他一點多就離開了公司。」

「果然是這樣。」美幸說。

這麼一來，就和同學說在一點三十分左右看到爸爸這件事吻合了。

「但陽助先生並沒有直接回家。」

「他去了哪裡？」

「呃……不瞞妳說，那天妳爸爸去了新幸文化中心。」

「啊?!」美幸忍不住叫了一聲。

偵探繼續說道：「陽助先生似乎知道妙子太太和中野的事，於是，那天去文化中心找他談判。」

「爸爸……知道媽媽外遇的事……」

「陽助先生當然沒有想到，他們原本計畫那天私奔。」

「但是……爸爸沒有見到那個叫中野的人吧？」

「對，當他心灰意冷地回家時，發現了妙子太太的屍體，但是，陽助先生不希望太太外遇的事曝光。當然，一方面是為了顧及面子，更擔心這件事對女兒——也就是妳——造成心靈創傷。於是，就請妳的阿姨對他的不在場證明做了偽證。否則，一旦說他去了新幸文化中心，當然必須說出其中的理由。」

「原來是這樣……」美幸嘆了一口氣，爸爸陽助的確會這麼做。

「妳姐姐和阿姨都知道這件事，所以，他們決定向妳隱瞞真相。」

「其實他們根本不必顧慮我。」

「這是家人對妳的愛。」偵探闔上報告說：「我已經報告完畢，還有什麼問題嗎？」

「啊，對了，要付多少錢？」美幸抱著手腕，抬眼看著偵探。

偵探把報告放進皮包說：「妳不用付錢，因為我們沒有做什麼調查，而且，調查結果發現沒有任何問題。妳父親每個月會定期繳會費，這樣就夠了。」

「真的嗎？太好了。」美幸鬆了一口氣，但看到兩名偵探準備離開時，又叫住了他們：「啊，還有一件事。你們如何調查我爸爸當天的行蹤？你們好像調查得很詳細。」

偵探伸出食指，慢慢左右搖晃著。

「這是業務機密。」

然後，他們走出了咖啡店。

8

週六的白天，陽助在家時，偵辦命案的田宮和真田這兩名刑警上了門。案發之後，他們曾經多次見面。

「不好意思，家裡很亂。」

陽助打了一聲招呼後，帶他們進了客廳。

「案情偵辦的情況如何？」他輪流看著兩名刑警的臉問，「那個男人……中野招供了嗎？」

「唉，這傢伙很棘手。」田宮露出苦笑，看著真田。

那名年輕刑警的臉頰也不自然地扭曲著。

「今天上門，是有一件小事想要確認。」田宮說。

「確認？」

「對。」田宮用誇張的動作拿出記事本，「你太太——妙子太太有深度近視吧？所以，平時都必須戴眼鏡，否則就無法做任何事。」

「對。」

「所以，她在家的時候，一定會戴眼鏡嗎？」

「對……她會戴眼鏡。」

刑警停頓了一下，低頭看著記事本後，又看著陽助。

「聽美幸說，她只有出門的時候會戴隱形眼鏡，沒錯吧？」

「隱形眼鏡？」陽助發現自己的耳後突然變熱。

隱形眼鏡……

「你太太遇害時戴著隱形眼鏡，也就是說，她打算出門。」

「……」

「她到底打算去哪裡？」刑警看著陽助。

陽助移開視線，雙手在大腿上緊握著，他的手心滲著汗。

「該不會是你太太並沒有回心轉意，而是打算去找中野？」

「不，不可能，她在最後關頭清醒了，所以才會打電話給那個傢伙。」

「關於那通電話……」田宮的語氣似乎意有所指，他抓了抓下巴。「我們到你太太打電話去的那家『文藝復興』咖啡店，那裡的店員記得中野，也記得有人打電話找他。當然，他不知道電話的內容，但記得中野接電話的情景。據那名店員說，他接到電話時不慌不忙，而且掛電話前還說：『好，我馬上過去。』他說，我馬上過去……你不覺得奇怪嗎？如果你太太提出和他分手，照理說，他應該不會有這種反應。」

「但是……我太太不是打電話給她的朋友嗎？說不會再和中野見面了……」

「所以，這就更奇怪了，想到其中的矛盾，我腦筋都亂了。但是，有一種情況可以解釋這些事，那就是打電話的並不是你太太本人。」

「怎麼可能……接電話的人說，那不是我太太的聲音嗎？」

「這個嘛，因為人在電話中的聲音會和平時不一樣，以前，也經常有人把我誤認為是我大哥。親人——尤其是兄弟或姐妹的聲音很像。說到姐妹，妙子太太不是有一個妹妹叫大塚典子嗎？」

「……」

「所以，我們猜測，該不會是由她妹妹打的電話。」

「太荒唐了，她為什麼要這麼做？」

「這就是我們接下來要調查的，我們覺得有必要重新徹底偵辦這起命案。」刑警站了起來。「我們還會再來，應該會不時來打擾吧。」

兩名刑警離開後，陽助茫然地坐在沙發上，腦海中回想起妙子倒在血泊中的身影。

「果然……瞞不過嗎？」他終於說出了昨天就開始擔心的事。

昨天，當那名偵探上門時，他已經預料到會有今天的結果。

一男一女兩名偵探一身黑衣出現在他的公司。陽助前一陣子曾經委託他們調查，但案子之前就已經結束了，一問之下，才知道女兒美幸委託他們調查命案相關疑點，所以他們來找他商量。青春期的小女孩真是亂來。

當陽助得知美幸對自己和其他家人的態度產生懷疑時，心情格外沉重，因為這原本就是為了不讓她了解真相，才會研擬出的計畫。

「我們已經大致掌握了你們的行蹤。」偵探說，淡淡的語氣中不帶有任何感情，

「首先，我們有一個很大的疑問，那就是案發後，為什麼你沒有把中野修的事告訴警

方。你早就知道了他和你太太的事。因為，我們已經受你委託調查到你太太有外遇，並把調查結果告訴你了。」

陽助沒有說話。

偵探繼續說道：「你所知道的並不是只有這件事，你還知道你太太打算那天私奔，這也是我們曾經向你報告的事。你甚至知道他們幾點約在咖啡店見面，然而你沒有告訴警察，到底為什麼？」

「我有難言之隱。」陽助回答。他也覺得自己的聲音有點陰沉，「難以向別人啟齒的隱情。」

「如果你不想說，」偵探停頓了一下，向陽助投以觀察的眼神，「我們只能把調查到的內容向令千金報告。」

「這會讓我很為難。」

「我們也很為難，我們不能無緣無故說謊。」

陽助重重地嘆了一口氣，看著對方的臉。偵探和女助理都面無表情。

「你們應該已經猜到八、九分了吧？」陽助說，「你們應該猜到那天發生了什麼事。」

「大致可以猜想，」偵探說，「只是不知道猜得對不對。」

陽助忍不住呻吟了一聲，他很清楚偵探俱樂部的實力。

「好吧，那先說說你們猜想的內容，我聽了之後，再決定要怎麼做。」

偵探聳了聳肩，「這個交易並不公平，不過，沒關係。」

他點了點頭，然後，又喝了一口茶。

「那天，除了你以外，享子小姐和典子太太也知道你太太打算離家，是你告訴了她們。於是，你們三個人試圖阻止她離家出走，希望能夠先阻止她，等她冷靜下來後，再慢慢說服她。阻止的方法很簡單，就是隨時有人和她在一起，我們猜想從早上開始，享子小姐就一直和你太太在一起，中午過後，典子太太來了，最後，你也會提早下班回家。」

陽助沒有說話，偵探的推理完全正確。

「你太太一定覺得心浮氣躁，因為你們接二連三出現，讓她無法出門。不久之後，她發現這不是偶然，而是大家故意不讓她走。這麼一來，就無法和心愛的男人在一起——她在絕望之下，在自己的房間內自殺，當然是用刀子刺進了自己的胸口。」

偵探停了下來，似乎在觀察陽助的反應。

「請繼續。」陽助說。

偵探點了點頭，又喝了一口茶。

「當你們進門時，她已經死了，不難猜到你們當時的悲傷，因為你們覺得是自己逼她走上了這條路。但是，你們痛恨的是成為整起事件元兇的中野修。於是，你們把刀子丟進垃圾桶，偽裝成他殺，並故布疑陣，想嫁禍給中野。

「首先，由典子太太打電話給古川昌子太太，暗示她妙子太太和中野有特殊的關係，再打電話到他們約定的咖啡店，把中野找來。之後，由你打電話，當預估中野快出現時，你打電話到鄰居家，請她察看家裡的情況，但實際上是想讓她看到中野。最後，再由享子小姐把中野的名片交給警方，一切就大功告成了。

「我說錯了嗎？」偵探用這句話總結，聲音仍然不帶感情，卻充滿自信。

陽助嘆了一口氣說：「大致都正確，只有一個地方不正確。」

「哪個地方？」

「我們並不光是因為痛恨中野才偽裝成他殺，而是因為一旦美幸知道妙子是自殺，她會受到很大的傷害。」

「令千金？」

「對，她很愛她媽媽，如果得知媽媽要拋棄自己，最後因為無法達到目的而自殺時，應該會受到很大的打擊。所以，我們假裝她媽媽回心轉意，這樣或許可以減少她所受的傷害。」然後，陽助低頭拜託偵探：「請你無論如何不能告訴美幸，這個問題關係到她的將來。」

因為陽助低著頭，所以不知道兩名偵探的表情，不一會兒，聽到偵探說：「好吧。雖然到目前為止，我們從來沒有向委託人說過謊，但這次是情非得已。既然這樣，我們就無法向令千金收調查費。」

「我當然會支付。」

「另外，以後請你養成把脫下的鞋子放好的習慣。當時，應該是典子太太好心幫你放好了鞋子，這一點引起了令千金的懷疑。」

陽助再度低頭道謝。

——不知道那兩個偵探有沒有瞞過美幸。

陽助來到陽台上，仰望著天空想道。

陽助做好了心理準備，或許有一天，必須告訴她真相，雖然他不知道那會是明天還是十年後。

從兩名刑警剛才說話的語氣判斷，這一天應該不遠了。到時候，自己要親口告訴美幸。想到這裡，陽助的身體僵硬起來。

就在這時，響起開門的聲音。走廊上傳來腳步聲。幾秒後，美幸出現，她右手拿著網球拍，臉頰紅通通的。

「我回來了。」她說。

陽助注視著女兒片刻說：「喔，回來啦。」

那是八月裡某個晴朗的日子。

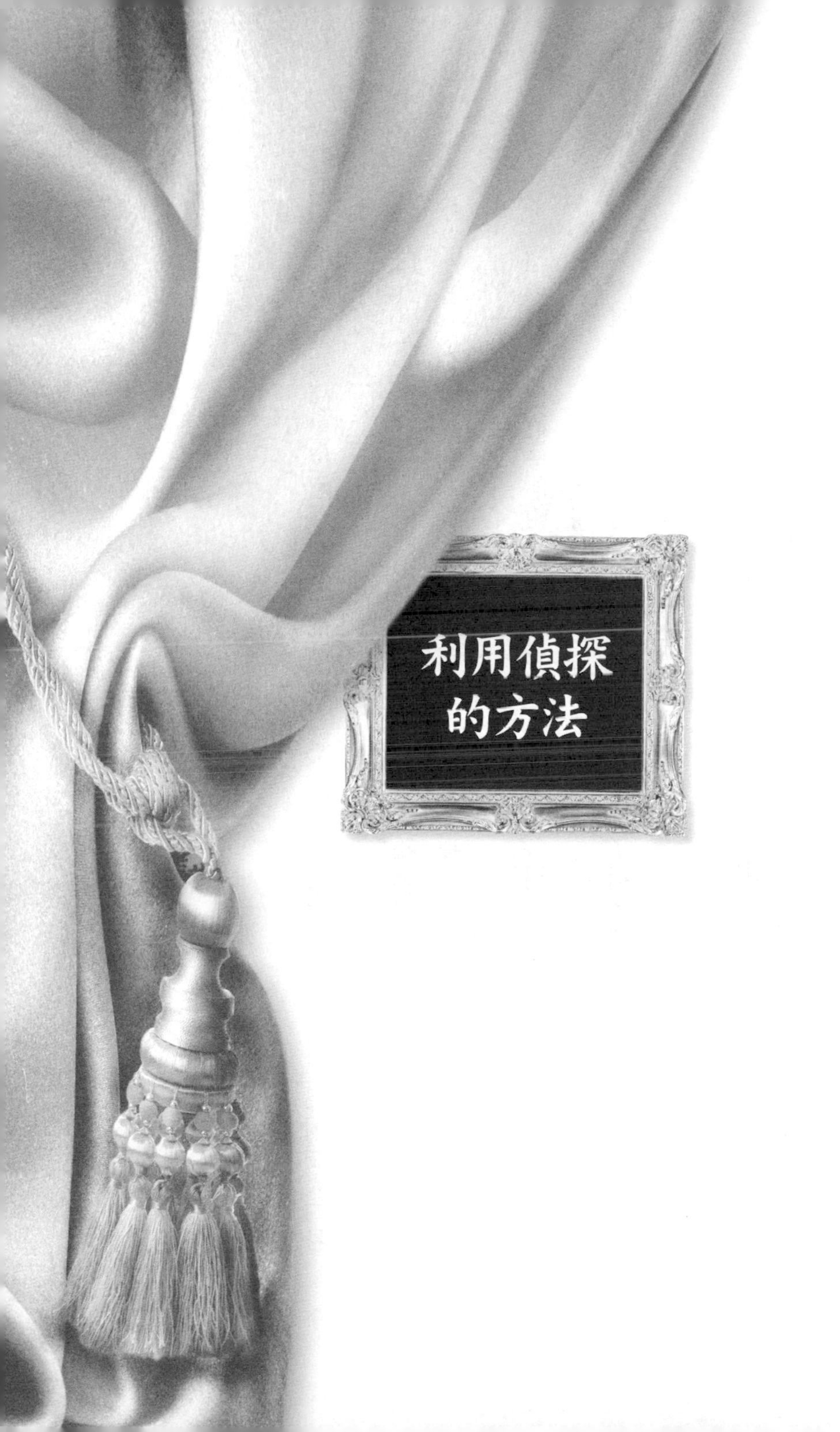
利用偵探
的方法

1

芙美子從網球學校剛回到家，那兩個人就上門了。她用對講機確認了那兩個人的身分後，來到了玄關。

那對男女一身黑衣，兩個人都很高，男人的五官輪廓很深，看起來好像雕像，讓人心生畏懼。女人很漂亮，有一雙細長的眼睛，卻有一種陰沉的感覺，也許是那頭及肩長髮太黑的關係吧。芙美子心想。

「我們是偵探俱樂部的人，不好意思，來晚了。」男人用不帶感情的聲音說。身旁的女人也欠了欠身。

「沒關係，我也才剛到家，先進屋再說。」芙美子指著裡面的房間說。

「打擾了。」兩名偵探俐落地進了屋。

「我聽朋友說了你們的風評。」芙美子同時看著兩名偵探說：「介紹的那位朋友說，你們辦事正確、迅速，不拖泥帶水，嚴格保守祕密。由於是會員制，所以辦事很牢靠。」

「過獎了。」男偵探低頭說。

女人也低頭道謝。據兩名偵探的自我介紹，那個女人只是助理。

「聽了這些風評，我也打算委託你們……你們真的會保守祕密吧？」

「當然。」男人斬釘截鐵地說，「至今為止，從來沒有發生過這一類的糾紛。」

「是嗎……真不好意思，雖然我知道，但還是忍不住確認一下。」說著，芙美子輕輕咳了一下。

「請問委託的內容是？」男偵探仍然用不帶任何感情的聲音問。

芙美子坐直了身體，看著兩名偵探。

「我想請你們對我丈夫進行素行調查。」

「原來是這樣。」

兩名偵探的表情完全沒有變化。

「您先生是阿部佐智男先生，在赤根工業上班。」女助理立刻說。

在偵探俱樂部登記的是佐智男的名字，所以，他們對佐智男的情況知之甚詳也不足為奇。

正如剛才偵探所說的，佐智男在「赤根工業」這家在專做產業機器的業界中屬於中堅水準的公司工作，芙美子曾經在那家公司的關係企業上班，十二年前，他們相親結婚。芙美子今年三十八歲，佐智男四十五歲，但兩人膝下無子。

「對，沒錯，我希望你們調查阿部佐智男的素行，你們願意接受嗎？」

聽到她的問題，男偵探立刻回答：「當然，但希望您再說得詳細點，為了避免流於只是記錄一天的行程，我們必須了解您的目的，才能滿足您的要求。」

「那倒是。」芙美子又輕咳了一下，「那我就直話直說了，我希望你們調查我先生的交友關係，說得更清楚一點，請你們查一下他有沒有外遇。」

「您有這種想法是有什麼根據嗎？」

偵探面不改色，他應該一開始就知道芙美子想調查丈夫的外遇。

「對，最近，他一到假日，就經常一個人外出，穿衣服的品味也有微妙的改變，以前從來沒有發生過類似的情況。」

「所以，是女人的直覺。」

「不光是這樣，」芙美子略微加強了語氣。偵探略微挑了挑眉毛。「這一陣子，每到星期三，他都會晚歸。以他目前的職位根本不需要加班，而且，以前也不曾有過這種情況。另外，有一次他晚回家時，身上有香皂的味道。我記得那次也是星期三。」

「喔，星期三嗎？」偵探點了點頭，記錄下來，「您希望我們調查到什麼程度？」

「這……」芙美子想了一下，「請你們先監視我先生這一週的行動，如果中途有什麼發現，再隨時和我聯絡。」

「沒問題。」

「對了，還有……」她好像突然想起什麼似的叫了一聲，「如果他和女人幽會，請你們一定要拍下照片。」

「好，那是當然的。」偵探用力點頭。

他們又討論了相關細節後，芙美子把兩名偵探送到門口。

「最後還要拜託你們一件事，請你們千萬不能讓我丈夫和那個女人知道有人在跟蹤他們，如果他知道我雇用你們，我會很困擾。請你們在不驚動他們的情況下，找到機會跟拍。」

「沒問題，我們在這方面很有經驗。」

「那就拜託了，希望可以等到你們的好消息。雖然我不知道怎樣的結果算是好消息。」

「那我們下週再聯絡。」說完，兩名偵探離開了阿部家。

這天是星期一。

2

同一週的星期四早上，芙美子獨自在家時，接到了偵探的電話。她一拿起電話，就聽到那名偵探不帶感情的聲音。

「請問您先生昨天幾點回家？」偵探問。

芙美子想了一下回答說：「昨晚他到家好像九點多。」

偵探沉默了一下。

「……」

「有查到什麼嗎？」她問。

「對，您先生昨晚離開公司後，和一個女人見了面。」

「……」

「喂？」

「啊、是，我在聽，只是沒想到果然是這麼回事……結果呢？」

「很遺憾的是，我們沒能確認那名女子的身分，但還是先向您報告一下。」

「是嗎……有拍到照片嗎？」

「拍到了。」

「那可不可以把照片交給我？愈快愈好，今天下午可以嗎？」
「好，沒問題。」
他們討論了詳細的時間後，芙美子放下電話，深深地嘆了一口氣。

偵探在約定的時間準時出現，這一次，女助理沒有同行。
芙美子問起這件事，偵探回答說：「她去處理其他案子了。」
「也是外遇調查嗎？」
偵探的臉頰抽動了一下，算是回答了這個問題。
他們在客廳面對面坐下後，偵探從皮包裡拿出資料，芙美子看到上面貼著照片。
「您的先生六點半下班後，搭計程車去了吉祥寺，在車站附近的書店站著看了一會兒週刊雜誌。然後，有一個女人走到他身邊，兩個人聊了幾句，立刻去了汽車旅館。」
聽到「汽車旅館」幾個字時，芙美子吞著口水。
「然後呢？」
「八點半時，兩個人出來了。您先生去了車站，然後就回家了。問題在於那個女人，在車站前叫計程車去了新宿，我們也跟蹤了她，但她下了計程車，走進地下街後就沒再看到她，成功地把我們甩掉了。」

「她發現了你們？」芙美子皺著眉頭。

「不，這不可能，因為我們很謹慎，我想那個女人應該想到可能會被人跟蹤，所以在偷情時格外小心。也許，她比您先生更擔心外遇的事曝光。她戴了一副深色墨鏡，用圍巾蒙著嘴，根本看不清她的長相。」

「所以……對方也是有夫之婦？」

「也許吧。」偵探用平淡的語氣回答。

「既然看不清楚長相，即使看了照片也沒用。」說著，芙美子用力咬著下唇。

「也許很難判斷對方那個女人是誰，但仍然可以證明您先生有外遇。」

「那倒是……可以給我看一下嗎？」

「請妳過目。」偵探把貼了照片的資料放在芙美子面前。

照片上拍到了穿著米色大衣、身材削瘦的佐智男，身旁的女人正如偵探所說的，用圍巾遮住了嘴巴。

她拿起照片端詳片刻，突然「啊」地叫了一聲。

「怎麼了？」偵探問，「是您認識的人嗎？」

芙美子慌忙搖頭。

「不，不是這樣……」當她把照片放回桌上時，一臉嚴肅地看著偵探的方向。「雖然我知道事到如今這麼說很抱歉，但可不可以請你停止繼續調查？當然，該付的費用我會支付。」

偵探微微張大一雙凹陷的眼睛。

「所以，您的目的已經達成了嗎？」

「嗯，算是吧。」

「那當然沒問題。」偵探又補充說：「這是做生意。」

「請你把照片和底片統統交給我，另外，最重要的是，這件事絕對要保密。」

「當然。」偵探加強語氣回答。

他們討論了交付其他照片和底片的時間後，芙美子把偵探送到了玄關。鎖上玄關的門後，她又用力咬著下唇。

3

翌日是星期五。

在大營通商上班的真鍋公一的電話響了，公一剛好不在座位上，他的下屬，一個叫佐藤的年輕職員接起了電話。

電話中是一個女人，自稱是阿部。很少有女人打電話給公一，聽聲音也不像是特種行業的女人。

佐藤用手捂著電話，尋找著公一的身影，剛好看到他走回座位。肩膀厚實、身材壯碩的公一悠然地走了過來。

「部長，您的電話。」說著，佐藤遞上電話。

真鍋公一是大營通商產業機器部的部長。

「喔，原來是芙美子。」公一接過電話，重重地坐在椅子上，用開朗的聲音說道。「真的好久不見了，妳老公還好嗎……啊？……嗯，那倒是沒問題。」公一輪流看著桌上的行程預定表和掛在牆上的時鐘，「那這樣吧，妳三點的時候去五號會客室，櫃檯的女職員會告訴妳，嗯……那就到時候再聊了。」

他掛上電話。佐藤看在眼裡，心想部長居然要在會客室和女人約會。

之後，公一接了好幾通電話，都是由他親自接的。他兩點左右離席後，一直到將近四點才回到座位。

看到公一回座時，佐藤立刻發現他的心情很惡劣。佐藤跟隨公一多年，一眼就可以看出他的心情好不好。

部長的辦公桌背對著窗戶，可以看到所有下屬的工作情況。公一回到座位後，立刻把椅子轉了過去，對著窗戶的方向。他蹺著腿，看著窗外很久，但窗外只有一片摩天大樓。

佐藤觀察著公一，回想起白天打電話給他的那個叫阿部的女人。

4

一星期過去了，下週的週六——

早上七點左右，井野里子正出門倒垃圾，看到隔壁阿部家的皇冠車正駛出車庫。開車的是男主人阿部佐智男，他的妻子芙美子正在門口送他離開。車子離開後，芙美子發現里子正看著自己，微微欠身打著招呼。

「妳先生出門嗎？」里子問道。

這也算是一種打招呼的方式。

「朋友找他去伊豆打高爾夫，明天晚上才回來。」

「那妳一個人看家？」

「對啊。所以，等一下我打算難得一個人去逛街。」

「好主意，不能只讓男人快活逍遙。」

聽到里子這麼說，芙美子笑著微微欠身，走回了屋內。里子發現她的笑容有點不太自然。

伊豆下田的皇冠飯店內——

櫃檯的笠井隆夫接起了二一二號房打來的電話，這個房間是雙人房，但只有一個四十出頭的男性客人辦理入住。

「您好，這裡是櫃檯——」

他還沒說完話，就聽到一個女人尖叫道：「不好了，請你趕快過來！」

聽到這麼尖銳的聲音，笠井忍不住皺了皺眉頭問：「請問發生了什麼事？」

那個女人的聲音再度刺進了他的耳膜，但比起她的聲音，女人說的話令笠井臉色大變。

「不好了，他們喝了啤酒，然後……然後……我老公和阿部先生都倒在地上了。」

靜岡縣警的刑警接到飯店報案後，約十五分鐘就趕到了現場。幾名刑警在負責櫃檯的笠井和總經理久保帶領下，趕到命案現場的二一二號房。

房間內有兩具屍體，其中一個躺在床上，另一個倒在地上。床上的男人頭枕在枕頭上，身上蓋著毯子，而且臉朝著牆壁，乍看之下會以為他睡著了，倒地的男人似乎在死前曾經痛苦地掙扎。

桌上有兩個啤酒瓶和三個玻璃杯，其中一瓶啤酒已經喝空了，另一瓶也只剩下一半。三個杯子中，其中一個喝空了，另一個還剩三分之一，最後一個杯子倒在桌上，裡面的啤酒都倒了出來。

「有住宿登記卡嗎？」理著平頭、皮膚黝黑的刑警問笠井。

笠井和久保不想看到屍體，正在走廊上待命。

「呃，在這裡……」笠井從口袋裡拿出兩張登記卡交給刑警。

「嗯，阿部佐智男……原來在赤根工業工作，這麼說，是從東京來的。你們知道哪一個人是阿部嗎？」

「知道，躺在床上的那個是阿部先生，這個房間登記的是阿部先生入住。」

「那另外一個人呢？」

「我沒見過，但應該是真鍋太太的先生。」

「真鍋？喔……」刑警看了另一張住宿登記卡點了點頭。

「真鍋秋子，同住的是真鍋公一。嗯，用太太的名字登記入住的情況很少見。」

「是啊……」笠井偏著頭，「登記入住的時候，只有真鍋太太一個人，她說她先生晚一點才會到。」

「真鍋太太說，倒在地上的這個人是真鍋公一嗎？」

「對。」笠井縮了縮脖子，點了點頭。

「她說死者喝了啤酒，突然感到很痛苦嗎？」

「對。」笠井回答。

總經理久保在一旁仍然臉色鐵青。

「這個啤酒是房間冰箱裡的嗎？」刑警看著久保問。

久保用略微顫抖的聲音說：「好像是。」

「每天什麼時候補充？」

「應該是今天早上。呃，要不要找負責的人過來？」

「那就麻煩你了。」

聽到刑警這麼說，久保快步走向電梯。刑警目送他離開，再度將視線移回笠井身上。

「那真鍋太太目前在哪裡？」

「呃……因為隔壁房間剛好空著，所以請她在那裡待命。」說著，笠井指著隔壁二一三號房間。

刑警點點頭，向身旁那個身材高大的年輕刑警使了一個眼色後，敲了敲隔壁房間的門。聽到裡面傳來一個柔弱的聲音後，打開了門。房間裡有一個三十多歲的女人，中長的頭髮染成深褐色，臉上的妝很濃，一雙鳳眼乍看之下感覺很強勢，但充血的雙眼似乎道出了她內心的惶恐。

刑警自我介紹說，他叫小村，然後問屋內的女人：「請問是真鍋秋子太太嗎？」

女人默默地用力點頭。

秋子坐在房間內的椅子上，小村在她對面坐了下來，年輕刑警站在旁邊。

「這次是來旅行嗎？」小村問。

真鍋秋子輕聲回答說：「是的。」

「聽櫃檯的人說，你們的房間並不是隔壁的二一二室。」

「對，我們的房間……我記得是三一四室。」

「好像是這樣。不好意思，我們知道妳現在很傷心，可不可以請妳說一下當時的情況？」

「好。」她小聲回答。

「首先關於二一二室的男人，他和你們夫妻一起來這裡嗎？」

秋子拿出手帕，按著眼角，用略帶沙啞的聲音說：「呃，要說明這件事……可能要小村蹺起二郎腿，似乎打算好好聽她細說從頭。年輕刑警站在原地，拿出了記事本。

「沒問題，請從頭說起。」

「呃，其實這次旅行是我先生提出來的，他說偶爾去伊豆度個假也不錯。」

「什麼時候？」

「一個星期前，因為他以前從來不會提出這種要求，所以我有點驚訝。」

自己已經多少年沒有陪家人了？小村突然掠過這個和案情無關的念頭。

「這麼說，旅行的相關安排都是由妳先生包辦的嗎？」

「不，這家飯店是我預約的，因為我先生提出要住這裡。除了飯店以外，其他沒有什麼需要準備的，因為我們是開車來的。」

「為什麼妳先生說要住這家飯店？」

聽到小村這個問題，秋子搖了搖頭。

「詳細情況我不是很清楚，我記得他有提到，之前住在這裡的感覺很不錯。」

「原來是這樣。」小村點頭，然後微微抬手，示意她繼續說下去。

秋子輕輕閉上眼睛，用力深呼吸，似乎想平靜心情。

「於是，今天早上，我們從家裡出發。開車來這裡的路上，我才聽說阿部先生他們也來參加這次旅行。」

「阿部先生就是死在床上的那個人吧，妳說阿部先生他們……是指？」

「我先生說，阿部先生夫妻也會一起來。」

「夫妻？這麼說，阿部太太也在這裡嗎？」

剛才櫃檯的人說，阿部佐智男是單獨來的。

「照理說，應該是這樣……」秋子用手摸著右臉，偏著頭納悶。

「可不可以說一下阿部先生和你們的關係？」

小村改變了問話的方式，秋子微微挺直了身體。

「阿部先生的太太芙美子是我短大時期的好朋友。」她說：「所以，我們已經有將近二十年的交情。我們結婚後，兩對夫妻也經常來往。」

「除此以外還有其他交集嗎？比方說，是公司的同事之類的。」

秋子搖頭。

「沒有什麼特別的關係，只是因為我們的丈夫也很合得來，他們經常一起去打高爾夫。」

「以前也曾經像這樣，兩對夫妻一同出遊嗎？」

「對，每年有一到兩次。」

「那再回到剛才的問題，」小村抬眼看著她，「妳是在今天來這裡的途中得知阿部夫婦也會一起來，為什麼妳先生之前沒有告訴妳？」

「我先生說，」秋子停頓了一下，似乎在思考，「他說昨天才臨時決定阿部先生他們要一起來，所以來不及告訴我。」

「是喔。」小村覺得這件事不太自然，「居然會忘記這種事，似乎有點奇怪。」

「我也這麼覺得，但我先生是這麼說的……」秋子低著頭，用手搓著手帕。

「沒關係，」刑警說：「他說昨天臨時決定阿部夫婦也要同行，以前也曾經有過類似的情況嗎？」

「不，以前從來沒有發生過。」

「為什麼這次突然決定這麼做？」

「聽我先生說，他覺得人多比較好玩，所以昨天打電話給阿部先生。結果，阿部先生一口答應了。」

「原來是這樣。」小村點點頭，但心裡卻留下了疙瘩。

真鍋公一為什麼前一天突然邀阿部夫婦？而且為什麼一直隱瞞他太太？然而，秋子恐怕無法回答這兩個問題。

「好，請繼續說。妳是在今天來這裡的途中，得知阿部夫婦也會一起參加這次的旅行。」

「對……呃，然後，我就來飯店辦理入住了。」

「等一下。」小村伸手制止了秋子。因為他想起了笠井的話。「是妳辦理了入住手續吧？聽櫃檯的人說，當時妳先生並沒有和妳一起來。」

「對，因為快到飯店時，我停了車，我先生下了車。他說他在附近有朋友，和那個朋友約在咖啡店見面。」

「朋友？」小村情不自禁提高了音量。他發現情況向微妙的方向發展。「怎樣的朋友？」

「我不知道。」秋子回答得很乾脆，「我也問了我先生，但他只說是一個朋友。」

「哪裡的咖啡店？」

「就在來這裡的路上，有一家叫『白』的咖啡店。」秋子從放在一旁的行李袋裡拿出火柴盒，放在小村面前。「就是這家。」

小村拿起火柴盒，白色的火柴盒上用黑色的字寫著「白」字，設計很簡單。背面印著地圖，的確就在飯店附近。

「為什麼妳有這個火柴盒？」小村拿著火柴盒問。

「我先生在咖啡店門口下車時交給我的，他說等我辦好入住手續時，打電話到咖啡店告訴他房間號碼。等他和朋友聊完之後，會直接來房間。」

「所以，妳先生去那家咖啡店前，就已經有這盒火柴了嗎？」

秋子沒有馬上了解這位刑警話中的意思，然後才點了點頭說：「對，沒錯，應該是這樣，我想他以前應該去過。」

「似乎是這麼一回事。」小村仔細打量火柴後，交給一旁的年輕刑警，再度轉頭看著秋子。「所以妳獨自來到飯店，辦理了入住手續。」

「對，我去房間後，按他的吩咐，打電話到咖啡店。」

「當時，妳先生說什麼？」

「他說已經辦完事了，馬上就會到。」

「這麼快就辦完了？」小村看著秋子的表情問。

但她面不改色地回答：「對喔。」

「結果，妳先生很快就到飯店了嗎？」

「差不多十分鐘左右後到的。」

「然後呢？」

「他問我阿部先生他們住在幾號房，他曾經叫我問櫃檯。於是，我告訴他是二一二室，他說去打聲招呼，就離開了房間。」

「只有妳先生一個人去嗎？」

「對，我說要和他一起去，他說只是打聲招呼而已……」

小村抱著雙臂，還是覺得有哪裡不太對勁。

秋子繼續說：「不一會兒，房間的電話響了。我接起電話，原來是我先生打來的，他說他在阿部先生的房間，乾脆坐下來聊天了，叫我也一起過去。於是，我去了他們房間，發現我先生獨自坐在那裡喝啤酒。阿部先生躺在床上，我也沒看到芙美子。」

「等一下，妳去那個房間時，阿部佐智男先生已經躺在床上了嗎？」

秋子的喉嚨動了一下，似乎在吞口水。

「對，我問我先生是怎麼回事，他說阿部先生有點累了，所以想躺一下。我又問芙美子去了哪裡，他說出去買東西了。」

「除此以外，還有其他不對勁的地方嗎？」

「這……總之，我覺得不太對勁。」

然後，她好像突然感到一陣寒意，開始搓揉著兩隻手臂。

「當時，妳先生已經喝了啤酒嗎？」

「對，他也叫我喝一點。」

「他拿出杯子，幫妳倒了啤酒嗎？」
「對。」秋子縮起下巴。
「妳喝了嗎？」
「不，我……」她遲疑了一下，低頭拿起放在腿上的手帕，再度壓著眼角。「我正打算喝的時候，我先生突然大叫一聲，露出痛苦的表情。我問他怎麼了，但他根本無法回答……不一會兒，就躺在地上不動了，想不到就這樣死了……」她攤開手帕，按著雙眼。
「於是，妳慌忙聯絡了櫃檯嗎？」
她用手帕捂著臉，點了點頭。
「真鍋太太，請妳好好回想一下，」小村伸著脖子，看著低著頭的她說：「關於妳先生在感到痛苦前的情況，有沒有什麼不對勁的地方？或是妳先生做了什麼？」
秋子把手帕拿了下來，她的眼眶泛紅，鼻子也紅了。
她偏著頭說：「我不太清楚，他只有喝啤酒。」
「他的啤酒是自己倒的嗎？」
「對啊……」說到這裡，秋子的眼神突然放空了。
「怎麼了？」小村問。

她用茫然的眼神看著小村。

「因為他在我杯子裡倒了太多啤酒……所以……我又倒了一點給他。那時候，他……正從冰箱裡拿乾果出來。」

小村的腦海中閃過一陣電光石火，隱約覺得似乎看到了這起命案的核心。

他按捺著激動的心情問：「妳先生喝了啤酒之後，開始感到痛苦嗎？」

「對……難道啤酒裡有放什麼東西嗎？」

「我想應該是。」

秋子的臉頓時露出難以形容的複雜表情，也許是想到有可能是自己送命，和丈夫代替了自己送死的心情交織在一起。

「我們已經了解了。」小村站了起來，「本案應該會朝他殺的方向偵辦，我們會全力以赴，力求早日破案。」

秋子深深地鞠了一躬。

「那就拜託你們了，如果是有人蓄意殺害，希望趕快把兇手繩之以法。」

「這件事就交給我們吧。」小村低頭看著她說，但在心裡卻沒有十分的把握。

5

小村向秋子了解情況後，回到了案發現場的客房。

「很可能是氰化物。」一名叫武藤的刑警向小村咬耳朵。「應該是混在啤酒中，但還要調查到底是放進酒瓶，還是塗在杯子上。」

「沒有找到裝毒藥的容器嗎？」小村問。

武藤指了指床邊的垃圾桶。

「垃圾桶裡有一張白紙揉成一團，丟在裡面。鑑識課的人正在調查。」

「啤酒瓶和杯子上的指紋呢？」

「杯子上分別有三個人的指紋，但酒瓶上只有真鍋公一的指紋。」

「是喔，」小村撇了撇嘴，點了點頭，「有沒有和阿部佐智男家裡聯絡？」

「已經打過電話了，但沒有人接，等一下還會再打。」

「阿部的行李呢？」

「在這裡。」武藤把放在牆邊的深藍色行李袋拿了過來。

小村戴上手套，翻了一下行李袋，發現裡面有幾件換洗衣服、盥洗用具和一本文庫本，以及紙筆，雖然有一本小筆記本，但裡面沒有寫任何東西。
「都是男人的東西，他太太果然沒有同行。」
秋子提到，真鍋告訴她，阿部家也是夫妻一起來。
「櫃檯也說沒有看到像他太太的女人。」武藤說。
小村輕輕發出「嗯」的聲音。
「阿部佐智男是開車來的吧？」
「他開白色皇冠，停在後面的停車場。」說著，武藤伸進內側口袋，拿出了車鑰匙。
「好，那我們去看看吧。」
聽到小村這麼說，武藤點頭走出了房間。小村也跟在他身後。
車子停在停車場的角落。不知道是否剛洗過車，白色的車體亮得刺眼。
「車上沒什麼東西，行照、保險證、駕照——當然是死者本人的——還有幾捲卡帶和地圖。」
「行李箱呢？」
「放了高爾夫球具。」
武藤用車鑰匙打開行李箱，裡面放著棕色的高爾夫球袋和同色的鞋袋，旁邊是汽車工具和輪胎鏈還有雨傘。

「阿部佐智男打算來這裡打球嗎？」小村想起附近的高爾夫球場問。

「不，應該不是這樣。」武藤當下否決了前輩刑警的意見。「我們也查了真鍋公一的車子，他車上沒有高爾夫用具。阿部佐智男可能只是一直把球具放在車上。」

「對了，真鍋夫婦也是開車來的。」

於是，小村他們也順便去看了真鍋夫妻開的車子，他們開的奧迪和阿部的車子只相差幾公尺。

真鍋車內的東西比阿部的車子更少，唯一的不同是找到了真鍋秋子的駕照，但這也不能成為線索。

小村和武藤離開停車場後，沒有回到飯店，而是走到街上，他們要去真鍋公一與人見面的那家咖啡店。

那家名叫「白」的咖啡店距離飯店一百公尺左右，是一棟以白色為基調的建築物，面向馬路的那一面全都是玻璃。三十出頭的店長燙著釋迦頭。

小村說明來意後，年輕的店長找來了女服務生，穿著黑色迷你裙的女服務生有著一張稚氣的臉。

女服務生一開始並不記得真鍋，兩名刑警提到中途曾經有人打電話給真鍋時，她才終於想起來。

「喔，原來是那個穿灰色夾克的大叔，我想起來了，對方打電話過來時，好像有提到『真鍋』這個名字。」

「他只接到一通電話嗎？」

「對，好像是一個女人打給他的，聽起來像是歐巴桑。」

應該是秋子。

「那個灰色夾克的大叔坐在哪個座位？」

「那裡。」女服務生指著角落的桌子。

那是一張四人座的桌子，日前坐了一對年輕情侶。

「他進來的時候是一個人嗎？」

「對。」女服務生點頭。

「他的朋友沒有來嗎？」

「呃，」女服務生摸著頭髮，露出好像生氣的表情。這似乎是她思考時慣有的表情。

「我記得沒有……」

「沒有？他始終一個人嗎？」

女服務生又摸著頭髮，露出不安的表情。

這時，一旁的老闆幫她回答說：「他一直都一個人。」老闆充滿自信地說。

「沒有錯嗎？」小村看著他的臉。

「錯不了，他坐了差不多十分鐘左右，電話就打來了，然後他馬上就離開了，根本沒時間和別人見面。」

所以，真鍋公一沒有和任何人見面？是對方沒有在約定的時間現身？還是原本他就沒有要見任何人？

「真鍋先生走進店裡時，」武藤在一旁插了嘴，「他有沒有像是在找人的樣子？比方說，在店裡東張西望之類的。」

有道理。小村覺得這個問題問到了重點。如果他和誰約了見面，一定會先找一下，看看對方有沒有先到。

「有嗎？」老闆看了看女服務生。

女服務生自信缺缺地搖頭。「我不記得了……」

這也在情理之中。小村心想。對他們來說，真鍋只是每天上門的眾多客人之一。

小村看著女服務生問：「他點了什麼？」

「咖啡。」

「在他點餐，或是妳送咖啡時，有沒有發現什麼？比方說，他一直看時間之類的。」

女服務生仍然很沒有自信地搖頭，「我沒注意。」

「是嗎？這也難怪，謝謝妳。」

然後，小村向年輕老闆道謝後，離開了咖啡店。

直到那天晚上，案發之後三、四個小時，終於聯絡到阿部佐智男的妻子芙美子，她才立刻趕來。

小村在設置了搜查總部的警局見到了芙美子，她屬於那種傳統日本美女，平時應該很文靜典雅。之所以用「平時」這兩個字，是因為她出現在小村面前時，雙眼通紅，難掩慌亂。

「請節哀順變……」

小村的話還沒說完，她就張大眼睛，瞪著小村的臉說：「兇手是秋子，刑警先生，你們為什麼還沒有把秋子抓起來⁈」

6

芙美子大叫後，低頭咬緊牙關。片刻沉默後，小村伺機開了口。

「太太，請妳先平靜一下心情，仔細聽清楚我的問題後再回答。」

芙美子的內心比外表看起來更加慌亂，小村刻意放慢語調。

「妳為什麼認為秋子太太是兇手？」

芙美子動了動嘴巴，但沒有說出話，而是嚥了一口口水。

「因為……只有秋子活了下來……她當然就是兇手。」

小村俯視著她的臉，她把頭壓得更低了。小村覺得她有所隱瞞，但沒有深究。

「先請教一下其他事，請問妳為什麼沒有參加這次旅行？」

「因為我先生說……他和真鍋先生去。」

「真鍋先生？不是真鍋先生和太太嗎？」

「不，只有公一。我先生說，真鍋先生邀他打高爾夫，所以今天一大早就出門了。」

「等一下，」小村伸出右手，「所以，這次旅行只有兩位先生參加嗎？」

「對，所以秋子也出現在這裡，這件事本身就很奇怪。」

「聽秋子太太說，原本是他們夫妻單獨旅行，昨天才突然邀你們夫妻參加。」

「不可能。」芙美子抬起頭，拚命搖頭表達抗議，「我先生出門時說，真鍋邀他打球，是一個星期前邀他的，這點不會錯。」

小村看著芙美子的臉，很難判斷她在據實以告還是謊話連篇。但是，現在說謊對她有什麼好處？

小村想起佐智男車上的高爾夫球袋，他的確準備來打高爾夫，但真鍋公一的車上卻沒有球具。

「我了解了，但真鍋公一先生並沒有對他的太太這麼說，他只說是你們兩對夫妻一起旅行。」

小村的話還沒說完，芙美子就開始搖頭。

「不可能。」

小村點頭，他並不是找到了問題點，相反的，疑點反而增加了。然而，他覺得這些疑點的地方正是破案的關鍵，也許還可以比預期更早破案。

「再回到剛才的問題，」小村看著芙美子的眼睛說：「妳得知命案時，就認為兇手是秋子太太嗎？」

「嗯，對啊……」她又嚥著口水，「我的直覺認為是她。」

「妳現在仍然這麼認為嗎？」

「因為，」芙美子稍稍拉高了音量，然後，又恢復原來的聲音，重複了和剛才相同的理由。「因為只有秋子活著啊！」

「如果命案真相如妳所想的那樣，妳認為動機是什麼？為什麼秋子太太要殺害這兩個男人？」

「這……因為……」芙美子的眼神飄忽不定。

她果然有所隱瞞，小村看透了她的心思。

「妳和秋子太太是短大時的好朋友吧？」

「對……」

「這我就無法理解了，為什麼妳會懷疑自己的好朋友？其中一定有原因。」

芙美子用力閉上眼睛，似乎在猶豫什麼。小村決定發揮耐心等待。沒想到，她很快就張開了眼睛。

「我先生……有外遇。」她似乎終於下定了決心，口齒清晰地說。

「什麼？」小村忍不住問。

「我先生有外遇。」她又重複了一次，「而且，外遇的對象……就是秋子。所以，她已經不是我的好朋友了。」

小村愣了一下，緩緩地吐了一口氣。原來是這麼一回事。他終於了解芙美子咬定秋子是兇手的心理狀態了。

「阿部佐智男和真鍋秋子搞外遇？」小村再度確認。

她咬緊嘴唇點了點頭。

「妳先生知道妳已經得知外遇的事嗎？」

「不，我想應該不知道。」

「妳認為妳先生的外遇和這起命案有關嗎？」

「我想，」說著，她用力深呼吸，「應該是秋子外遇的事被公一知道了，所以她才殺了他。之所以同時殺了我先生，是因為想要結束這段關係。」

「被公一先生知道了？公一先生知道自己太太外遇的事嗎？」

「對，」芙美子回答，「我告訴他的。」

「是嗎？」

小村重新審視著眼前這位人妻。她在得知丈夫外遇時，沒有責怪自己的丈夫，反而去通知對方的丈夫。

「妳怎麼知道妳先生外遇的？」

「因為我覺得他最近的舉動有點反常，所以，請偵探……請徵信社的人調查了他的行蹤。」

「哪一家徵信社？」

「這……」芙美子欲言又止。

「我們需要確認一下，」小村說，「並不是我們不相信妳，如果無法掌握確實的消息，就無法得出結論。」

於是，她小聲回答說：「是偵探俱樂部。」

「偵探俱樂部？喔，我知道了，妳委託他們嗎？」

小村也聽過偵探俱樂部的名字，專為豪門的會員服務，但阿部夫妻並不算是有錢人家，也許是偵探俱樂部的會員逐漸平民化了。

「所以，妳手上有拍到他們外遇的照片嗎？」

「不，我都借給真鍋了。」

「借給真鍋公一先生？請問是什麼時候？」

「我記得是上星期五。我去真鍋的公司，告訴他外遇的事時，把照片也拿去給他了。他說他會妥善處理，就把照片都拿走了。」

「在妳告訴他之前，真鍋先生不知道太太外遇的事嗎？」

妥善處理？

「對，好像是。」

「他應該很生氣吧？」

「那當然……不過，他通常不會把情緒寫在臉上。」

小村抱著雙臂，發出了沉思的聲音。真鍋公一得知太太外遇後，到底打算怎麼做？從秋子剛才的話中，聽不出他曾經為這件事追問妻子。

「妳得知妳先生外遇的事至今，有沒有採取什麼行動？」

「沒有，我想先看真鍋會怎麼處理。」

「當時，妳得知他邀妳先生去打高爾夫時，是不是覺得其中有隱情？」

「我的確這麼想，」芙美子明確地說，「我以為真鍋會在打球時質問外遇的事。」

的確可以這樣解釋，小村不由得感到佩服。一種米養百種人，每個人的想法都不一樣。

之後，小村又問了阿部佐智男最近有沒有什麼改變。芙美子回答說，他似乎不知道外遇的事已經曝光，所以和平時沒什麼兩樣。

7

聽完芙美子的陳述，小村和武藤兩個人再度前往命案發生的那家飯店。真鍋秋子今晚還住在那裡。

「命案的輪廓大致已經掌握了。」小村坐在飯店大廳的沙發上等秋子時，對武藤說：「如果秋子和阿部佐智男外遇，很多事情就有了合理的解釋。兇手十之八九是真鍋公一。」

「他想殺了秋子和佐智男嗎？」

「沒錯。」

事件果然如他最初所預料的，可以輕而易舉破案——小村坐在沙發上，伸直了雙腿，但事情卻沒有像他想的那麼簡單。

「我和佐智男外遇？太荒唐了！」

小村轉述芙美子的話後，秋子瞪著眼睛否認。原本就預料到她會裝糊塗的小村，看到她的激烈反應，也有點不知所措。

「但是，芙美子太太說得斬釘截鐵，她委託徵信社調查了佐智男先生的行蹤，拍到和妳一起走進汽車旅館。」

「一定是搞錯了。」秋子可能太生氣了，說話的態度和白天大不相同，「芙美子也真是的，為什麼不直接問我？」

「雖然妳說搞錯了，但聽說有照片為憑。」

「不可能，請問是在哪一天拍到照片的？」

「聽說是上週三。」

小村聽芙美子說，佐智男每週三和情婦約會。

「上個星期三？等一下。」秋子皺著眉頭。

小村覺得她在認真回憶當天的事。

不一會兒，秋子正視著兩名刑警，她微微挺直了身體。

「沒錯，那天我去參加高中的同學會，傍晚之後一直和老同學在一起。」

「同學會？真的嗎？」

「當然是真的！」秋子用銳利的視線看著小村，似乎在說「太失禮了」。

小村和武藤互看了一眼，到底誰說的是真話？

「好，那我們會去調查。」

於是，小村記下了在同學會上見到秋子的人名和電話，秋子仍然很不高興。

「無論如何，芙美子太太堅稱妳和佐智男先生外遇，所以，妳先生有沒有對妳說什麼？」小村闔上記事本問。

「我不知道我先生對我有什麼誤會，但來這次旅行之前，他也和之前沒什麼兩樣。」

「是嗎？」

小村又看了武藤的臉一眼，然後，兩個人都忍不住嘆著氣。

兩名刑警有一種不祥的預感。

8

案發兩天後，小村和武藤來到東京，他們首先找到了秋子在同學會上遇到的老同學山本雅子，她開了一家美容院。

「對，那天我一直和秋子在一起。我們傍晚六點集合，一直喝到十點左右，我和秋子的酒量向來很好，一直喝到最後，我們一直在一起。她發生了什麼事嗎？」

為了謹慎起見，小村還打電話聯絡了其他幾個參加同學會的女同學，所有人都證實了秋子的不在場證明。由此可見，和佐智男一起走進汽車旅館的並不是秋子。接著，兩名刑警在阿部芙美子住家附近的咖啡店和偵探俱樂部的人見了面。芙美子幫忙聯絡了兩名偵探，但她並沒有一起現身。

兩名偵探比約定時間提前一分鐘現了身，一男一女都穿著黑色衣服，一眼就可以看出他們不是普通人。

小村向兩名偵探說明了情況，強調希望他們協助調查。兩名偵探也回答說，只要委託人同意，他們會不遺餘力地提供協助。

「阿部芙美子說，她兩週前的週一委託你們調查她先生的素行，沒錯吧？」

「沒錯。」男偵探回答。他的聲音低沉而沒有起伏。

「調查結果怎麼樣？」

「星期三時出現了變化。」偵探說明了佐智男在那個星期三的行蹤，和芙美子說的情況大致一致。

「沒有照片嗎？」

「對，因為委託人說連底片也要，所以就一起交給她了。」

是喔。小村點了點頭，從口袋裡拿出幾張照片。其中一張是秋子的照片，其他的都是毫不相干的女人。

「其中有佐智男先生外遇的女人嗎？」

偵探和女助理一起仔細端詳著照片，中途的時候，兩個人露出奇妙的表情，小村認為他們看到了熟悉的人。

「雖然那次看不清楚臉，但這個人有點神似。」說著，偵探拿起了秋子的照片。

「我了解了。」小村心滿意足地把照片放進口袋。

芙美子似乎也沒有說謊。

「她就是當時那個外遇對象嗎？」偵探問。

既然要求他們協助，當然不能不理會他的問題。

「不，應該不是她。芙美子太太似乎認為是她，所以才特地請你們確認，這兩個人是不是真的相像到會搞錯的地步。」

「原來是這樣。」

「真的很像，這張照片上的女人是真鍋秋子，就連她丈夫也搞錯了。」

「真鍋秋子的先生看過那張照片嗎？」

「對，可見芙美子太太一定火冒三丈。」

小村把芙美子衝去真鍋公司的事告訴了偵探。

「聽說芙美子太太把當時的照片統統交給了真鍋公一，真鍋先生把那些照片銷毀了。」

「為什麼銷毀？」

「不知道，可能是他有自己的想法吧。」

小村看了一下手錶後站了起來，他還要去另一個地方。

小村和武藤又來到真鍋公一的公司大營通商，在會客室見到了真鍋的下屬，名叫佐藤的年輕職員。佐藤記得阿部芙美子造訪時的事。

「她先打電話來，約了和部長見面，我記得她姓阿部。」
「他們見面之後，真鍋先生應該回到辦公室，當時他有什麼反應？」
「感覺很不高興。」佐藤壓低了嗓門，「他沉默著沒有說話，我猜想是那個叫阿部的女人告訴了他不好的消息。」
小村很想告訴他，他猜的沒有錯。
「佐藤先生，你沒有見到那個叫阿部的女人嗎？」
「對，因為感覺是部長的私事，不過，公司剛好有人看到她從會客室走出來，要不要找他們過來？」
「好，那就找他們來確認一下。」
「請等一下。」佐藤說完，走了出去。五分鐘後，帶了一男一女兩名年輕職員進來。男的叫松本，女的叫鈴木。
「松本剛好看到那個女人從會客室走出來，鈴木曾經送茶進去。」
「是嗎？請問是不是這個女人？」小村把芙美子的照片遞給女職員。
她看了一眼，立刻點頭：「沒錯，就是她。」
然後，小村又把照片出示給名叫松本的男職員，沒想到他立刻搖頭。
「不是，不是她。」

「不是？真的嗎？請你再看一次。」

在小村的要求下，松本仔細看了照片，立刻露出不耐煩的表情說：

「不是她，那個女人更年輕，雖然戴著眼鏡，但是一個超級美女，身材也很火辣。所以，我印象特別深刻。」

「是嗎……？」

到底怎麼回事？小村心想。難道那天除了阿部芙美子以外，真鍋還見了其他女人？

「呃，刑警先生，」佐藤戰戰兢兢地開口，「鈴木說就是照片上的女人，所以應該沒問題吧，松本看到的應該是另一個人。」

「好像是這麼一回事。」小村收起照片，但還是無法釋懷。他再度看著松本的臉問：「那個年輕女人也和真鍋先生見了面嗎？」

「對。」

「大約幾點？」

「應該不到三點。那時候，我剛好去自動販賣機買咖啡，看到那個女人從會客室走出來。」

「喔，我知道了，」佐藤再度插了嘴，「部長一定是和那個女人見面之後，又見了那個叫阿部的女人，我記得部長在電話中叫她三點的時候去會客室。」

「有道理，這樣就有了合理的解釋。」

小村滿意地點頭，雖然他仍然不知道那個年輕女人是誰。

向佐藤等人道謝後，小村和武藤離開了大營通商。這時，他們已經大致完成了命案真相的推理。

9

辦完佐智男葬禮的翌日，芙美子難得在家休息時，負責偵辦命案的小村刑警登門造訪。芙美子打算請他進屋，但小村說不進屋打擾了，就在玄關坐了下來。

「呃，請問破案了嗎？」芙美子誠惶誠恐地問。

「不瞞妳說，我今天就是為了這件事上門。」小村露出凝望遠方的眼神，他似乎在思考該怎麼啟口。「目前已經查明了真相。」他說。

芙美子跪在地上，挺直了身體。

「兇手是真鍋公一。」

「啊？」她輕輕叫了一聲。

「兇手是真鍋，他以為阿部佐智男先生和秋子太太外遇，於是打算殺了他們，偽裝成殉情。」

「怎麼會……」

「從這個角度思考，就可以解釋所有的事。」

小村刑警分析的案情大致如下：

公一從芙美子口中得知太太出軌後怒不可遏，決定殺了那對姦夫淫婦。他想到了偽裝成殉情的好方法，於是，他決定約佐智男和秋子到伊豆飯店，試圖讓他們死在飯店。

首先，他邀佐智男打高爾夫，因為他們平時經常一起打球，所以佐智男並沒有起疑。公一告訴佐智男飯店的名字，並要求他用自己的名字預約。然後，當天約在飯店見面。

接著，他邀秋子一起去旅行，又指定了住宿的飯店，讓秋子用她的名字預約。於是，就製造出佐智男和秋子分別訂了房間的狀況。

公一當天的行蹤十分明確，他要求秋子辦理入住手續，自己則直接去房間，避免被飯店人員發現他也同行。為此，他還特地先去咖啡店等候。

到了飯店後，他先去了阿部的房間，把毒藥放進啤酒，殺害了阿部。把阿部搬到床上後，又把秋子叫到房間，打算用相同的方法殺害她。之後，只要把兩個人的屍體放在一起，自己神不知、鬼不覺地離開就好。

然而，他打算殺害秋子時，卻意想不到地失算了，因為秋子把自己杯子裡的啤酒倒進了他的杯子，不知情的公一反而因此送了命。

「鑑識人員調查兩個啤酒瓶和三個杯子後，在其中一個啤酒瓶中檢驗出氰化鉀的成分，三個杯子都有氰化鉀的成分，但公一的那個杯子中的濃度比其他兩個低。原本裡面應該不含有毒藥，但因為秋子太太把杯中的酒倒了進去，所以才會變成這樣的結果。」

「氰化鉀是哪裡來的？」

「公一的弟弟經營金屬加工業，會用到氰化鉀，去工廠拿應該不難。」

那方面的管理往往很鬆散。刑警補充道。

「這麼說，果然是因為我的誤會引起的。」芙美子低著頭，心情沉重地開了口。

如果刑警剛才的話屬實，就代表她對公一說秋子外遇的事引發了這起命案。

「雖然從結果來說是這樣，但妳不必在意，因為就連公一也認為照片上的女人是自己的太太。很遺憾的是，至今仍然沒有找到那張照片。」

刑警臨行前對芙美子說，如果有什麼新情況，會隨時和她聯絡。

芙美子站在玄關外，目送著他遠去的背影。

10

兩天後的晚上，芙美子去了秋子家。她們約好一起喝酒。

「全都怪我沒有查證，造成了誤會，結果造成這麼嚴重的後果，真對不起。」芙美子拿著杯子說。

「妳別放在心上，都怪我老公自己沒有查清楚，結果，把妳老公也害死了。」秋子回答。

兩個女人相互注視著，終於忍俊不住。

「哎呀，真是太好笑了，我已經不想再演下去了。」芙美子被酒嗆到了，笑著說。

「我也不想再演了，但真刺激。」

「豈止刺激而已，整天都提心吊膽的。」芙美子說著，回想起這幾天來發生的事。

整起事件源自秋子認為公一發現了她外遇的事，來找芙美子商量。秋子外遇的對象當然不是佐智男，而是她在粉領族時代交往的舊情人。

秋子很擔心公一會以她外遇為由提出離婚，她當然無意離婚，外遇只是逢場作戲，而且，假如現在離婚，秋子什麼都拿不到。

「真希望他乾脆死了算了。」

雖然這句話很情緒化，但她似乎真的這麼想。

「我也希望我老公死了算了。」

芙美子說的是佐智男。雖然他年紀愈來愈大，收入卻沒有明顯增加，她無法隨心所欲地揮霍。於是，她瞞著丈夫炒股票，沒想到股市暴跌。佐智男目前還沒有察覺，但銀行的存款幾乎見了底，她也欠了不少債務。每次思考該怎麼辦時，就希望佐智男意外身亡，因為佐智男投保的保險可以領到高額的理賠，再加上她在佐智男身上已經感受不到男人的魅力。或許是因為兩個人年齡相差懸殊，相處的時候，經常令芙美子感到窒息。反正他們沒有生孩子，她很希望可以恢復單身，重享女人的黃金歲月。

她們最初只是半開玩笑地聊這件事，但之後愈來愈認真，開始認真討論如何殺害雙方的丈夫。最後，她們想出讓公一殺死佐智男後，又不小心殺死自己的狀況。因為她們認為在這種情況下，警方不會深究。

首先，由芙美子向佐智男提議夫妻兩人一起去伊豆旅行，佐智男答應後，請他預約了飯店。

不久之後，秋子又說服了公一和芙美子他們一起去旅行，由秋子負責預約了飯店。

出發的兩天前，芙美子告訴佐智男，真鍋夫妻也會同行。

當天早晨，芙美子告訴佐智男，娘家臨時有事，請他先一個人去。佐智男不喜歡芙美子的娘家，所以就獨自先去了伊豆。芙美子在前一天已經悄悄把高爾夫球具放進了行李箱。

芙美子送佐智子出門後，立刻租車前往伊豆。

秋子在那家「白」咖啡店門口停了車，對公一說：「芙美子他們說會在這裡等我們，我先去飯店辦入住手續，你去喝杯咖啡等他們。」

公一露出不解的表情，問為什麼要約在這裡見面，秋子隨口敷衍了他。

秋子和芙美子在飯店前見了面，當秋子辦完入住手續後，兩個人一起去了佐智男的房間。佐智男沒想到芙美子這麼早就到了，有點驚訝，但並沒有多想。

秋子準備了氰化鉀，那是從公一弟弟的工廠偷來的。她把氰化鉀倒進啤酒，佐智男一下子就死了。不可思議的是，芙美子和秋子都完全不感到害怕。

把佐智男搬到床上後，芙美子離開飯店回家。秋子打電話到「白」咖啡店，告訴公一已經見到了芙美子他們，叫他來二一二室——也就是佐智男的房間。

公一很快就現了身，秋子讓他喝下啤酒殺了他之後，立刻打電話到櫃檯開始演戲。

「這次計畫中最妙的就是佐智男和妳的外遇現場。」芙美子奸笑著說。

當初是她設計了這個橋段。

那個星期三的晚上，和佐智男一起走進汽車旅館的是芙美子。她去出租店借了和秋子髮型相似的假髮，戴了墨鏡後，和佐智男約在吉祥寺見面。她說夫妻偶爾去這種地方可以增加情趣，佐智男一口答應，他原本就很喜歡在這方面尋求刺激。

芙美子去公一公司當然不是去告訴他秋子外遇的事，只說剛好在他公司附近，和他閒聊了幾句就回家了。

「說起來，我們也很幸運，」秋子說，「聽說公一那天心情很不好，所以，當警方調查時，認為是聽了妳說我外遇的事，才會心情不好。」

「就連上帝也保佑我們。」

「會不會是我們做人太成功了？」

正當兩個人開心地說說笑笑時，偵探俱樂部的人上門了。

玄關的門鈴響了，秋子去開門，發現一男一女站在門口。秋子問他們有什麼事。

偵探說：「我有東西要交給妳。」

「什麼東西？」

「這個。」偵探遞上照片。

秋子接過一看，頓時瞪大眼睛，照片上是自己和公一以外的男人幽會時的情景。

「你怎麼……會有這個？」

「是受妳先生的委託。」旁邊那個女偵探說。她的聲音平靜而低沉，但口齒很清晰。

「我老公？」

「對，三個星期前，真鍋先生委託我們調查妳的素行。」

「原來是我老公……但很遺憾，他已經死了，來不及知道你們調查的結果。」

秋子說完，正準備撕破照片時，女偵探說：「不，他什麼都知道。」

秋子的手停了下來，「妳說……他都知道？」

「他都知道。」女偵探重複了一遍，「受真鍋先生委託後不久，我就去他公司報告了結果，當時，他也看到了這張照片。」

「什麼時候？」芙美子忍不住在一旁插嘴問。她的心跳加速。

女偵探說：「星期五。聽警方說，我離開之後，妳去見了真鍋先生。」

「啊……」芙美子的腦筋開始混亂。

如果這個偵探在自己之前見了公一，報告了秋子外遇的事——

「如果把這件事告訴警方，偵辦方向恐怕會一百八十度轉變。」偵探露出高深莫測的笑容。

「你們有什麼目的？」秋子瞪著對方問，但偵探面不改色。

「我們沒有目的，相反地，一旦真相公諸於世，也會對我們造成負面影響。因為一旦客戶得知我們被巧妙的犯罪所利用，會影響我們的形象，但是，我們不能讓妳們就這樣利用偵探俱樂部，我們決定揭露妳們的計畫，已經做好了要付出代價的心理準備。」

「但是，你們沒有證據，」芙美子說，「你們打算怎麼證明？」

偵探用同情的眼神看著她，緩緩搖頭。

「妳們太天真了，只要我們真的想查，大部分的事都瞞不過我們。比方說，妳是怎麼去伊豆的。據我們推測，妳應該去租了車子。」

「……」

「這只是舉例而已，有時候也可以視實際需要製造證據。」

「這……不可能行得通的。」

「誰知道呢？妳們不是證明了只要巧妙偽裝，就可以輕易蒙蔽世人嗎？」

「等一下。」秋子用求助的眼神抬眼看著兩名偵探，「你們想要錢嗎？我可以想辦法。」

然而，偵探搖搖頭。

「這次的事，我們也有責任，偵探俱樂部過度降低了會員層次，才會被捲入這種事。」

偵探轉身離開，女偵探也走了。

「後會有期。」

兩名偵探消失在黑夜中。

玫瑰與
刀子

1

書房內響起咚、咚的聲音，那是食指敲黑檀木書桌的聲音。

敲桌子的是大原泰三。他敲著書桌，瞪著縮在書桌前椅子上的由理子——她是泰三的女兒。

她身旁站了一個男人，穿著深灰色西裝，戴著黑框金屬眼鏡，瘦高個子、五官端正。他並不畏懼泰三的視線，只是習慣性地垂著眼。

泰三的手指停了下來，原本看著女兒的雙眼緩緩移向男人的方向。

「葉山，你說吧。」他的聲音很粗獷，或許因為平時經常鍛鍊身體，所以聲音也格外宏亮。

那個叫葉山的男人緩緩抬起頭，和泰三四目相接時，用中指推了推鼻梁上的眼鏡。

「先說結論，」他瞥了身旁的由理子一眼，然後轉頭看著泰三，「您擔心的事發生了。」

泰三的臉頰抽搐了一下，再度瞪著自己的女兒。這是他唯一的反應。

「沒有搞錯？」

「不會錯。」葉山似乎也努力維持冷漠的表情，聲音也沒有起伏。他用沒有起伏的聲音補充說：「您女兒真的懷孕了。」

從泰三胸口的起伏知道他用力吸了一口氣。

「幾個月了？」他問。

「兩個月。」葉山回答。

泰三低聲發出呻吟，從桌上的菸盒裡拿出一支菸，點了火，呼——地向斜上方吐了一口煙。

「是誰的孩子？」

「啊？」葉山反問道。

「我不是問你。」泰三語氣嚴厲地說：「由理子，我是問妳！」

聽到自己的名字，由理子的身體緊張起來，但仍然低著頭。

「怎麼樣？」泰三繼續逼問，「誰是孩子的父親？回答我。」

但由理子沒有答話，她知道父親會質問她，而且，她已經下定決心不說出孩子父親的名字。

「要不要我先離開？」葉山委婉地建議。

泰三似乎這才發現有第三者在場，難得用遲疑的語氣指示說：「喔，也對，那就這麼辦吧。」
葉山離開後，他繼續逼問女兒，但由理子始終不鬆口，似乎心意已定。泰三抽了幾口，把菸在菸灰缸裡捺熄，又重新點上一支菸。
「是研究室的人嗎？」泰三突然想到這一點，問道。
由理子的表情沒有變化，但泰三發現她放在腿上的手用力握了一下。
「我沒猜錯吧？」他大聲問道。由理子的沉默讓他確信了自己的推理，他罵了一句：「他媽的！居然恩將仇報，而且偏偏對我的女兒下手……我不會原諒，絕對不會原諒！」
泰三拍著桌子，起身低頭看著由理子。
「聽好了，把孩子拿掉！我絕不會把妳交給那種沒出息的男人。趕快告訴我他叫什麼名字，我一定要收拾他！」
這時，由理子第一次抬起頭，用布滿血絲的雙眼迎向泰三的視線。
她一字一句地說：「不要。」
「妳說什麼？」
「我說不要，我不會告訴你他的名字，也不會把孩子拿掉。」
「由理子！」

他走到女兒面前舉起右手，但她咬著下唇，抬頭看著父親。

「你打我啊，你不是每次都會動手嗎？如果你以為這種方法一直可以奏效，就大錯特錯了。」

父女兩人相互瞪視著，但泰三先移開了視線，把右手放了下來。由理子重重地吐了一口氣。

「妳走吧。」泰三背對著女兒說，「我知道了妳的決心，但我也有我的想法。要找出那個男人輕而易舉，我一定會把他找出來，讓他再也無法出現在我的面前，當然，也不會再出現在妳的面前。」

走吧。他又重複了一遍。

由理子挺直身體站了起來，緊閉著嘴唇，走出身後的門。

2

大原泰三是和英大學的教授，也是理工學院的院長，和和英大學創始人有很深的淵源。大原的父親曾經擔任校長，如果一切順利，他會在下一屆校長選舉中成為候選人，幾乎可以在沒有競爭的情況下當選。

因為職務關係，他必須照顧到整個理工學院，但他的專業是基因科學。在他年輕的時候，基因科學尚未受到太大的重視，近年來，由於基因科學的進步相當驚人。至今為止，始終缺乏優異成果的和英大學最近才開始嶄露頭角，也是因為基因科學方面的成就立下了汗馬功勞，因此，泰三能夠有目前的地位，並不光是沾父親的光。

泰三雖然很少直接指導學生，但目前大原研究室積極從事各項研究活動，助理的人數眾多，在大學內也最受學生歡迎。泰三偶爾會把這些學生找來家裡，請他們吃飯、喝酒。因為他內心自有盤算，只要提振他們的士氣，就可以進一步增加自己的名聲。

大原家離和英大學只有電車一站的距離，不光是大原家，和英大學創始人的親戚都住在這一帶。

泰三和由理子爭執的翌日，當太陽快要下山，庭院內的花草灑下長長的陰影時，一對男女出現在大原家。

幫傭吉江去玄關開門，但那兩個人沒有自報姓名。

「請問大原泰三先生在家嗎？」男人用沒有起伏的聲音問道。

「不好意思，請問是哪一位？」吉江問。

「只要說是俱樂部的人，大原先生就知道了。」男人回答。

他穿了一套合身的深色西裝，瘦高身材，看起來三十五歲左右，五官輪廓不像日本人，凹陷的雙眼炯炯有神。

身旁的女人是長髮美女，細長的眼睛有一種冷漠感，緊閉的嘴唇顯示她的堅強意志。

泰三在客廳見到他們時，滿意地點點頭，因為來者完全符合他的想像。

他邀請兩名偵探坐下，自己也在對面坐了下來。

「雖然這是我第一次委託，但我之前就聽過朋友對偵探俱樂部的風評，個個對你們讚不絕口。我朋友也是你們的會員，對你們的工作很滿意。」

「您過獎了。」男人低下頭，身旁的女人也跟著低頭道謝。

「我那個朋友不光欣賞你們的工作能力，還稱讚你們會嚴格保密，這一點沒問題吧？」

「絕對沒問題。」男人用不帶感情的聲音回答。

泰三也很欣賞這種冷淡。

「很好，那就來談談委託你們的工作。」泰三探出身體，握著的雙手放在桌上。

「我有兩個女兒，大女兒叫直子，小女兒叫由理子。兩個女兒的母親不是同一個人，當然，這和我要委託你們的事無關。」

「您再婚了嗎？」正在記錄的女偵探問，聲音像主播般低沉、穩重。

泰三頷首回答：「直子的母親在她三歲時，帶著她離家出走。臨走時，只留下一張字條，說她不需要任何經濟援助，只希望直子可以和她一起生活，字條旁放著已經簽字的離婚申請書。一年後，我再婚了，再婚的對象就是由理子的母親。」

當時，泰三才升上副教授，但在和英大學內的勢力已經不容小覷。他的再婚對象是被稱為萬年副教授的同事的女兒，這位同事因為不屬於任何派系而始終無法升上教授，希望和泰三結為姻親後擴張自己的勢力，明知女兒已有男友，還是要求她嫁給泰三。事後泰三才知道，妻子的前男友是名叫菊井的同事。

「再婚後十年，我的第二任妻子病故，因為她的身體向來都很虛弱。沒想到兩年後，接到了和我離婚的前妻也去世的消息，實在太諷刺了。於是，我把直子接了回來，這也是直子母親的遺願。」

「原來如此。」黑西裝的男人說。

泰三輪流看著眼前的男女。

「今天要委託你們的，是關於由理子的事。」泰三開了口，「我家有位家庭醫生叫葉山，負責我們全家人的健康檢查，最近，他告訴我一件奇怪的事。他說由理子好像懷孕了，我認為他在胡說八道，沒有理會他，但還是很在意，而且，由理子的行為也有點詭異。於是，我命令葉山向由理子確認，一問之下，才知確有其事。我問由理子孩子的父親是誰，但我女兒死也不願意開口告訴我，我也拿她沒有辦法。」
「所以，您希望我們調查您女兒的男朋友嗎？」男人問。
即使在聽泰三說話時，他的臉上也沒有任何表情。
「沒錯。」泰三露出認真的眼神回答，「而且……要極其隱密地調查。」
「有沒有您女兒的照片？」
「我已經準備好了。」
泰三打開放在一旁的公事包，除了由理子的照片，他還準備了研究室成員的相關資料。

3

「偵探俱樂部？」
摟著由理子脖子的男人坐了起來，看著她的臉。她仍然躺在床上，點了點頭。
「我聽吉江說的，她是偷聽到的，所以可能聽錯了。」
「他們說了什麼？」男人撫摸著由理子的頭髮問。
「她沒聽到具體內容，吉江說，因為對方不願意報上姓名，所以，她就站在那裡偷聽了一下，想知道他們是什麼人。」

「偵探俱樂部……」男人再度躺在由理子身旁，重重地嘆了一口氣。

「你認識？」由理子轉頭看著男人的臉。

「是有錢人專用的偵探，」男人回答，「俱樂部採會員制，只有登記的會員才能委託，妳爸爸應該也是會員吧！」

「他想調查誰是我肚子裡孩子的父親嗎？」

「應該吧。除此以外，想不到其他還有什麼可以調查的。」

「爸爸想叫我嫁給財界或是政界的人，完全不管我的想法……他以前不是這樣的，以前凡事都是以我為中心……」

「因為妳的少女時代已經結束了。」

「才不是這樣呢。」由理子用鬱悶的眼神看著虛空，「我的父愛是被人奪走的。」

男人吸著菸，吐出乳白色的煙。煙霧在由理子的視野中慢慢散去。

「萬一爸爸發現是你，該怎麼辦？」

男人陷入沉默，即使被發現，他也無能為力，應該會被掃地出門吧？

「你說啊……」由理子擔心地叫了一聲，把臉頰枕在他的胸前。

男人摟著她的肩膀說：「別擔心，再能幹的名偵探，如果沒有線索，也查不出什麼名堂。不過，我們這段時間暫時不要見面。」

男人關了床頭的檯燈。

4

泰三和偵探俱樂部的人見面已經一個星期，至今仍然沒有收到階段性報告。

這天晚上，泰三難得約了研究室的研究員來家裡吃飯。為了明天召開的學會，這些研究員連日為準備資料忙得不亦樂乎，今天請他們來家裡作客，也是慰勞他們的辛苦。每年學會前夕，泰三都會設宴邀請研究生來家裡作客。當然，泰三也希望乘今天這個機會找出由理子的男朋友。

十二張榻榻米大的和室內放了兩張桌子，助理、研究生和學生坐在桌旁。這天總共邀請了八個人，其中三個人是助理。

由理子和吉江把料理送了上來，直子今天又晚歸了。

「哎喲，上野，你好像不太能喝酒。」泰三收起正準備往助理上野杯中倒的啤酒。

上野有著一張稚氣的臉，身體也圓滾滾的。

「對啊，他今晚要在飯店熬夜練習發表論文。」坐在上野身旁的助理元木說，元木的氣色很差，一副窮書生的樣子，但個性很不錯。

「不至於熬夜啦，」上野苦笑著，「之前已經練習很久了，今天晚上只要再確認一下就可以了。」

他要在明天的學會上發表研究成果，由於學會會場很遠，所以像往年一樣，前一晚必須住在附近的飯店。如果之前沒有時間充分練習，可以獨自在飯店特訓。

「你打算幾點離開這裡？」泰三問上野。

「差不多十點，這樣半夜一點或兩點左右就可以住進飯店了。」

「你開車去嗎？路上要小心。」

上野鞠躬說：「我會小心的。」

「發表的資料都準備齊全了？」剛才在泰三身旁默默喝著啤酒的男人，一邊為泰三的杯子裡倒啤酒一邊問。

他叫神崎，也是研究室的助理。他的個子高大，臉也很大，住的公寓就在附近，所以身上仍然穿著灰色的工作服。

神崎原本並不是泰三的助理，而是泰三的同事菊井手下的助理。幾年前，菊井車禍身亡後，他就開始為泰三工作。

「放心吧，我已經檢查過了，都放在公事包裡。到飯店之前，我都不會再打開了。」

「那就好。」神崎喝乾了杯中的啤酒。
一行人十點之前離開了，泰三和由理子送他們到門口。
「路上小心，我明天下午應該會去看一下情況。」泰三說。
幾個助理為豐盛的晚餐道謝後，轉身離開了。當他們離開後，由理子看都不看一眼泰三地走回自己的房間。
三十分鐘後，泰三接到了偵探俱樂部的電話，他在自己的書房接起電話。
「一直沒有消息，老實說，我正在擔心呢。」泰三一開口就這麼說道，想要挖苦對方一番。
偵探仍然用沒有起伏的聲音回答：「因為當初設定差不多一個星期。」似乎在為自己辯解。
「結果怎麼？」泰三難掩激動的心情問：「查到誰是孩子的父親了嗎？」
「還沒有。」偵探的回答很乾脆。
「居然這麼棘手。」
「應該說是完全沒有動靜，至少這一個星期，令千金完全沒有和對方接觸。」
「所以，他們也提高了警覺，但這種情況應該不會持續太久。」
「我們也有同感，但研究室的人明天要參加學會，可能是因為太忙碌了，沒時間見面。因此，等學會結束後，應該會有動靜。」

「嗯，也許是吧。」泰三雖然冷冷地回答，但內心頗感滿意。他沒有向偵探提過學會的事，但偵探顯然瞭若指掌。

「好，下次會什麼時候再和我聯絡？」

「要等學會結束，差不多是三天後。」

「很好，那就萬事拜託了。」泰三掛上電話。

他在椅子上坐了下來。當他拿起書，準備就寢時，傳來了敲門聲。幫傭吉江為他送日本茶進來。這是他每天的習慣。

「直子還沒回來嗎？」泰三喝了一口冒著熱氣的茶後問吉江。

「剛才回來了，應該已經回房間了。」

「她又喝醉了嗎？」

直子晚歸時，通常都會喝得酩酊大醉。

「對，有點……」吉江難以啟齒地低下頭。

「真是拿她沒辦法。」泰三咂著嘴。但他只會私下咂嘴，不敢當面斥責她，因為他內心對直子有著絕對的愧疚。

他在直子十七歲時把她接回家裡，當時她還在讀高中，臉上還帶著稚氣。從她搬來時少得可憐的行李、身上的衣服，以及瘦巴巴的身材，不難了解她們母女兩人一直過著貧困的生活。

直子母親離家的原因是夫妻不和。當時，泰三專心投入研究，幾乎沒時間照顧家庭，把家裡的事全都推給妻子，以為只要給妻子足夠的金錢，就盡了身為丈夫的義務。所以，當妻子帶著女兒離家時，他完全搞不清楚是怎麼一回事。

離開大原家時，直子才三歲，當然對泰三完全沒有印象，但因為母親臨死前叮嚀，才會回到泰三家裡。當初，也是她母親要求泰三接直子回家，應該是預感到自己的死期將近，為了直子著想，認為這是對她最好的安排。泰三當然沒有異議。

然而，直子始終無法融入大原家。剛搬來時，她整天都關在自己的房間裡，也鮮少和泰三他們同桌吃飯。當時，由理子十二歲，只要一靠近直子，她就不耐煩地皺起眉頭。

高中畢業、進入女子大學後，情況仍然沒有改善。她經常出門，即使回到家，也關在自己的房間聽音樂，雖然會和由理子聊幾句，卻從來沒有主動找泰三說話。

大學畢業後，她進入本地的一家藥品公司，偶爾會帶朋友回家，個性也不再像以前那麼咄咄逼人，但仍然不曾把朋友介紹給泰三認識。從她房間傳出的笑聲判斷，她在外面表現得相當開朗。

——如果她和心愛的男人結婚，性格應該會改變。眼前只能耐心等待這一天的到來

泰三總是這麼告訴自己。

……

5

翌日早晨，由理子躺在床上聽到了慘叫聲。床邊的鬧鐘指向七點整，這是她平時起床的時間，因為她嫌鬧鐘的聲音太吵，所以每天都請吉江叫她起床。剛才的慘叫聲似乎是吉江的叫聲。

「怎麼了？」傳來泰三悠然的聲音，接著走廊上傳來腳步聲。

「由、由理子小姐。」吉江叫了起來。

由理子聽到後，在睡衣外披了一件睡袍，慌忙衝出了房間。同時聽到了泰三叫著她的名字。

吉江站在走廊上隔壁房間的門口，她一看到由理子，立刻瞪大眼睛。

「不對，是直子！」泰三在房間內大叫一聲。

「怎麼了？」由理子從吉江身後探頭向室內張望，隨即捂著臉。她雙腿一軟，蹲在

走廊上。

「啊，小姐！」吉江扶著由理子的身體。

直子倒在床上。

「這麼說，由理子小姐，那個房間原本是妳的臥室嗎？」眼神銳利的男子用原子筆的筆尖指向由理子問。

他是搜查一課的刑警，名叫高間，緊實的身體和黝黑的臉龐令人感覺精力充沛。警方在大原家的客廳了解案發當時的情況，除了由理子以外，泰三、吉江和葉山也都在場。吉江在報警後，打電話給葉山，請他趕來家裡。

聽到刑警的問題，由理子動作生硬地低下頭說：「對。」

「所以，妳昨晚睡在直子小姐的房間，為什麼會換房間？」

「因為昨晚我洗澡時，我姐姐回到家，躺在我床上睡著了。」

「是嗎……這種情況經常發生嗎？」

「不，很少發生……我想應該是姐姐喝醉了。」

「原來如此。」高間點了兩、三次頭，又問：「直子小姐經常喝醉酒回家嗎？」

「有時候。」由理子回答，「聽說昨晚是他們公司聚餐。」

「是喔……請問她在哪一家公司？」

「名倉藥品。」泰三回答。

高間點了點頭，向身旁的年輕警官低聲說了什麼，警官點點頭，轉身走了出去。刑警再度將視線移回由理子身上。

「誰知道那個房間是妳的臥室？」

由理子輕輕閉上眼睛思考著。親戚和朋友當然知道，除此以外，出入大原家的人——比方說，研究室的人也都知道。

由理子告訴刑警後，刑警用原子筆記在記事本上。

「所以，有很多人知道。」

「兇手知道這件事嗎？」終於從打擊中恢復的泰三問。

刑警一臉嚴肅地回答：「我相信應該是這樣，我認為兇手想殺的不是直子小姐，而是由理子小姐。」

「為什麼要殺由理子？」短暫的沉默後，泰三問。

他似乎好不容易才擠出這句話，由理子面無表情地看著虛空。

「我們也不清楚，這也是我們想要問的問題。」刑警再度看向由理子的方向。「如何？妳知道是誰嗎？」

她緩緩搖頭，態度卻不像不知道，而是現在無法思考。

「會不會並不是想殺由理子，而是強盜殺人？」剛才始終沒有說話的葉山開了口。泰三當然事先叮嚀他不得說出由理子懷孕的事。高間用像獵犬般的眼睛看向醫生。

「不能說完全沒有，但問題是現場沒有東西失竊。」

「但即使再怎麼暗，殺錯了人……難道兇手沒有確認長相嗎？」

「應該是沒有，由理子小姐和直子小姐的身材很像，兇手作夢也不會想到她們偏偏昨天晚上換房間睡覺，而且……你們有沒有看傷口？」

「看了。」葉山回答。警方到達時，他已經趕來現場，也參與了鑑識。直子背後被刀子刺中，現場沒有找到兇器。刑事調查官說，從傷口研判，應該是類似登山刀的刀子。

「直子小姐是背後遭刺傷，也就是說，她趴著睡著時受到了攻擊。因此，兇手很可能並沒有看到她的臉。」

不知道是否接受了刑警的解釋，葉山並沒有繼續反駁。

「另外，」刑警環視了所有人的臉，「目前解剖結果還沒有出爐，所以還無法向各位詳細說明，但我們推測死亡時間應該是昨晚凌晨一點到兩點之間。兇手也是在這個時候潛入這棟房子，關於兇手潛入的途徑……」

高間刑警指著泰三和由理子等人的背後。

「兇手應該爬過後院的圍牆，穿過後院，來到廁所，從窗戶爬進來後，潛入了由理子小姐的房間。廁所的窗戶平時都沒有關，兩位小姐的房間門上也沒有裝鎖，對兇手來說，並不是很困難。請問昨晚一點到兩點之間，你們有沒有聽到什麼聲音？因為有人闖入你們家中，照理說，應該會聽到不尋常的聲音。」

刑警緩慢地輪流看著每一個人，這時，由理子語帶遲疑地開了口：「呃……」

刑警立刻看著她。

「我記得那時候我曾經醒來，但沒有聽到什麼聲音。」

「妳醒的時候是幾點？」

「我看了鬧鐘，但因為太暗了，看不清楚，我猜想應該一點多。」

「謝謝妳提供給我們參考。」刑警滿意地說。

之後，刑警對吉江和泰三也充滿了期待，但他們的臥室離由理子和直子的臥室有一段距離，只能回答沒有察覺任何異常。

警方了解情況暫時告一段落後，所有人都站了起來，正準備離開客廳時，高間叫住了葉山。聽刑警的語氣，好像不小心忘了重要的事。

「什麼事？」葉山有點神色緊張地問。

刑警反而用輕鬆的語氣說：「可不可以請教一下，你昨晚凌晨一點到兩點之間在哪裡？」

葉山看著刑警的臉，然後，用壓抑的聲音問：「你在懷疑我嗎？」

刑警搖了搖頭。

「不，我打算問所有相關者，為了偵查需要，不得不蒐集很多即使是不必要的資訊。請你不要介意，這只是例行公事。」

葉山看著泰三，泰三也露出無可奈何的表情。

「我在家裡。」葉山點了點頭，告訴刑警說，「但沒有人可以證明，因為我一個人在家裡睡覺。」

葉山也住在附近的公寓，沒有來大原家時，就會去大學附屬醫院上班。

「這麼晚了，也難怪。」高間也沒有繼續追問。

之後，泰三打電話到學會的會場，告訴他們他無法前往，事務局的人詢問他缺席的理由，他無法說出口。

不久之後，舉行了記者會，轄區警局局長陳述了事件的概要，泰三也參加了記者會，接受了記者的發問。

晚上九點不到，助理神崎出現，那時候記者會已經結束，刑警正打算離開。他來接泰三，才得知命案的事。

泰三無力地癱坐在飯廳，神崎趕到後，泰三抬頭看了看他，無力地搖搖頭。

「不好意思，請問你是哪一位？」高間看到他急匆匆地趕來，走上前去問道，右手拿著黑色記事本。

「我是老師的助理神崎。」他回答。

「今天為什麼會來這裡？」

「我是來接老師的。」

神崎向刑警說明了自己和泰三的關係，和今天舉行學會，泰三原本要出席等情況。高間似乎接受了他的解釋。

「你住在哪裡？」

神崎說出了自己的住家地址，高間發現離這裡很近時，眼神立刻銳利起來。

「不好意思，請問你昨晚一點到兩點之間在哪裡？」

這一次，輪到神崎的目光變得銳利起來。

「要問我的不在場證明嗎？」

刑警搖著手說：「請你不要想得太認真，只是例行公事。」

神崎抱著雙臂，微微偏著頭。

「如果這麼三更半夜的，有人可以有不在場證明，我還真想見識一下。我在家裡睡覺，當然只有我自己。」

刑警聳了聳肩，露出一絲微笑。

「大家都這麼說，我也這麼認為。」刑警道謝後，轉身離開了。

警方的人馬全都離開後，泰三、由理子，以及葉山、神崎和吉江五個人坐在飯桌前，默默地喝著茶。泰三和由理子沒有吃飯，但沒有人提起這件事。

「不好意思，」泰三語氣凝重地開了口，所有人的視線都集中在他身上，他繼續說：「可不可以讓我和由理子單獨談一談？」

吉江站了起來，拿著水壺走向廚房。葉山和神崎互看了一眼，然後，默默地站起身。

飯廳內只剩下泰三和由理子兩個人，泰三閉上眼睛，似乎在沉思，然後終於張開眼睛，注視著由理子。

「妳仍然不打算說出那個男人的名字嗎？」

由理子呆然地回望著父親，似乎無法一下子領會父親這句話的意思。

「為什麼在這種時候……」

「正因為是這種時候……正因為發生了今天的事，我才會問妳。」

從泰三的聲音中，似乎可以感受到他已經下了決心。

「這兩件事有什麼關係？」

「聽好了，」他努力讓自己的心情平靜下來，一字一句地說：「兇手想要妳的命，但據我所知的範圍，並沒有人想要置妳於死地，問題的關鍵就在於我不了解妳的那些部分。我知道妳有很多事瞞著我，但其中最大的一件事，就是妳肚子裡孩子的父親，所以，我才會叫妳說出他的名字。」

「他和這起命案沒有關係。」

「妳還說這種話……」

泰三正準備起身，旁邊的電話突然鈴聲大作。他繼續瞪著女兒，然後才緩緩走向電話。

電話是偵探打來的，泰三請對方稍等後，把電話轉到書房，走出了飯廳。由理子仍然低著頭。

「我正想打給你。」回到書房接起電話後，泰三壓低了嗓門。

「沒想到會發生這種事，請節哀順變。」

偵探的聲音仍然很公事化，不帶有任何感情，卻深深地打動了泰三的心。

「你已經知道了？」

問出口之後他才想到，他們整天跟蹤由理子，家裡發生這麼大的事，他們不可能不知道。

偵探沒有回答，反問泰三：「要怎麼辦？」

「嗯，我也想找你們商量，但如果你們現在四處活動，警方一定會察覺，到時候，由理子懷孕的事很可能會曝光。」

「不，我問的不是這個意思。」偵探始終維持冷靜的口吻，「如果兇手鎖定的目標是由理子小姐，警方一定會調查由理子小姐的交友關係。警方不需要像我們這樣祕密行動，不難想像，他們會展開徹底的大規模調查。因此，令千金交往的對象浮上檯面只是時間的問題。所以，我們對您委託的工作是否需要繼續的必要性產生了疑問。」

泰三呻吟著。偵探說的完全正確，他記得之前曾經在某本書上看過，年輕女孩遇害，一定要追查她的交友關係。

「對喔……」

「您打算怎麼辦？」

「有什麼方法？」

短暫的沉默後，偵探開口：「我認為警方的偵查工作很可能會達到您當初委託我們的目的，如果兇手隱藏在和交友關係完全無關的另一個世界，警方應該會比我們更早找到線索。所以，我建議在本案破案之前，暫時中止調查工作。如果破案之後，仍然不知道由理子小姐的交往對象，到時候再重啟調查。您的意下如何？」

偵探的提議合情合理，但兇手會隱藏在和由理子的交友關係完全無關的另一個世界嗎——當然，即使泰三此刻想破頭，也無法找到答案。

「好，就這麼辦。」

他帶著惡劣的心情掛上了電話。

6

那天晚上，上野和元木兩名助理造訪了大原家。泰三和由理子，還有吉江三個人正在如同嚼蠟般地吃著晚餐。

「辛苦了，你們一定累壞了吧？」泰三上前迎接。

兩名助理深深地鞠了一躬，泰三領著他們來到客廳。

「因為我們有重要的事要報告，所以才會在這個時間上門打擾。」上野用恭敬的語氣說道。

元木的身體有些僵硬。

泰三輪流看著兩個人的臉後問：「什麼事？」

上野瞥了元木一眼，然後看著自己的手說：「昨晚出了一點狀況。」

「昨晚？離開我家之後嗎？」

上野點點頭。

「具體地說，是我到飯店之後。我到飯店後，一如往常地想確認發表內容，發現資料欠缺了一部分。關於這件事，我請元木緊急傳了資料給我，已經解決了……」

「之前也曾經發生過這種情況，上次也是用傳真傳過去。」

「這件事本身沒有問題，問題在於我是請元木傳真給我的。」上野停頓了一下，用舌頭舔著乾澀的嘴唇。「就像您剛才說的，之前也曾經發生過相同的情況，但那次是請神崎傳真給我。因為他住的地方離學校最近，有時候把東西忘在學校時，也會請他去拿。」

「嗯，對啊。」泰三有點不耐煩，他完全猜不透上野想說什麼。

「其實，這次我也先聯絡了神崎，但電話鈴聲響了很多次，他都沒接電話。即使睡得再熟，鈴聲響那麼多次，也應該會吵醒才對。」

泰三停下正準備拿菸的手。

「所以……這代表他當時不在家？」

「應該是。」

「大約幾點的時候？」

上野輕輕閉上眼睛，似乎在腦海中確認後說：「我到飯店後馬上就打了，應該一點半左右。」

就在這時，泰三背後傳來東西打破的聲音，他立刻起身打開房門。

由理子呆然地站在那裡，雖然雙眼看著泰三，但眼神空洞。銀色的盤子掉在她的腳下，咖啡杯的碎片、咖啡和砂糖散落一地。

「由理子，果然是神崎嗎？」

聽到這句話，她終於回過神，驚恐地步步後退，突然衝出玄關。

「站住！」泰三追上了她，在她即將衝出玄關時，抓住了她的手臂。

吉江也及時趕到，兩名助理一臉莫名其妙地跟了上來。

「放開我，我現在就去找他。」

「妳快清醒吧！」泰三伸出右手甩了由理子一個耳光。

她全身癱軟，泰三抓住她的肩膀，用力搖晃著。

「聽好了，他想要殺妳，他是想要殺妳，結果誤殺了直子的兇手！」

「騙人！一定是哪裡搞錯了，我去找他問清楚。」

「怎麼可能搞錯！他的供詞才是謊話連篇，證人就在這裡。」
「那是胡說八道，他為什麼要殺我？」
「因為他和妳的事快曝光了，一旦被我知道，就會被永遠趕出基因科學的世界。他向來就是一個工於心計的人，妳居然連這點都看不透他……實在是愚蠢透頂！」
「放開我！」
「妳鬧夠了沒有！」泰三再度甩了她一記耳光，然後抓著她的身體轉向愕然看著他們的其他人。「吉江，把由理子帶回房間，讓她好好冷靜一下，然後打電話給警察，白天那個警察叫什麼來著……」
「高間刑警嗎？」
「對、對，就是高間刑警。妳打電話給他，請他來一趟，不必告訴他理由，叫他來一趟就對了。」
「是。」吉江扶著由理子沿著走廊消失了。
目送她們離開後，泰三看向兩名助理。
「不好意思，請你們回客廳一下，我有事要拜託你們。」
高間從上野他們口中得知昨晚電話的事，立刻打電話回局裡，要求手下去向神崎了解情況。泰三可以察覺他說話語氣中帶著興奮。

「謝謝你們通知我，也許可以成為有力的證據。」

高間向他們道謝，但上野他們的表情很複雜。神崎畢竟是他們的同事，心裡當然很不是滋味。

「關於剛才的事，」高間看著記事本，抓了抓頭，「神崎糾纏令千金的事……大原先生，請問你是什麼時候知道的？」

「我完全不知情。」泰三閉上眼睛，無力地搖頭。「我不該這麼大意，因為由理子什麼都沒說。」

「你們也不知道嗎？」刑警轉而問兩名助理。

上野和元木回答說，他們也完全不知道。

神崎如癡如狂地愛上了由理子，由理子卻對他沒有感覺——這是泰三虛構出來的狀況。當警方逮捕神崎時，他或許會說出由理子懷孕的事，但泰三打算打死不承認。警方不可能百分之百相信兇手說的話，況且，無論由理子有沒有懷孕，都無法改變神崎是殺人兇手的事實。之後，再找時間去墮胎，請葉山作證由理子沒有懷孕，警方就會認為是神崎遭到逮捕，想要破壞由理子的名譽洩憤。

泰三已經向上野和元木下了封口令，不能說出由理子剛才的失態。

「希望可以向令千金了解一下情況。」高間客氣地說。

泰三假裝思考片刻，但皺了皺眉頭說：「今天有點不方便。」

「只要問幾句話就好。」刑警說。泰三搖頭。

「今天發生太多事，她已經睡了，沒辦法說話，可不可以改到明天？」

或許刑警認為情有可原，所以就沒有堅持，只是確認說：「明天早上可以嗎？」

這時，客廳的電話響了，吉江立刻接起電話，然後把電話交給高間說：「找你的。」

「喂，是我。」

高間接起電話後，聽著對方說話，但即使是泰三和其他人，也可以發現他的臉色大變。

由理子躺在二樓的房間。這裡平時是客房，吉江幫她鋪了被褥。房間裡沒有開燈，她從剛才就一直抱著枕頭。

響起咚咚的聲音，是敲門聲。由理子沒有回答，門「咿呀」一聲打開一條細縫。走廊上的燈光瀉入室內。

「妳醒著嗎？」是泰三的聲音。

「幹嘛？」由理子問。她的聲音有點嘶啞。

泰三把門開大後，走進屋內，但沒有開燈，只是慢慢地走向由理子。

「幹嘛啦？」

她生氣地仰頭看著父親，父親的雙眼反射了入口的燈光，看起來特別有神。

泰三似乎在深呼吸，然後，用低沉的聲音說：

「神崎……自殺了。」

7

轄區的刑警接到指示前往神崎家中時，發現了他的屍體。刑警按了半天門鈴，都沒有人應答，從廚房的窗戶向屋裡一看，看到他趴在桌上。刑警立刻聯絡了房東，用備用鑰匙打開了房門。

神崎的死因是右頸部的切創導致出血過多，兇器的刀子掉在他無力垂下的右手下方，從形狀和大小研判，和殺害大原直子的兇器相同。

他的衣裝整齊，現場也沒有打鬥的痕跡。

「還有這些淺傷口。」參加鑑識的高間向後來趕到的刑警說明，「在致命傷的上方和下方有三處平行的淺傷口，可見他一開始下不了決心，猶豫了半天。出血的情況也沒有太嚴重，應該是下定決心要自殺，恐怕沒必要解剖。」

「沒有遺書吧？」那位刑警問。

「他的意思是，自殺動機就隨你們猜吧。他被女人甩了，準備去殺了那個女人，結果錯殺了別人，他對一切都感到絕望，只剩死路一條，應該就是這麼一回事。」

「也可能一開始打算殉情，殺了對方的女人後，自己也同歸於盡，使用同一把刀不是很有戲劇性嗎？」

「反正隨便他怎麼想啦，真是夠了。」

雖然兇手死了令人失望，但命案順利偵破，高間他們也鬆了一口氣。

8

命案發生至今已經過了一個星期。

和英大學的基因科學研究室的電話響了，接電話的是助理元木。

「請問上野先生在嗎？」是年輕女人的聲音，聲音很文靜，咬字也很清楚。

「上野出差去了，今天不會進研究室。」

「那元木先生在嗎？」

「我就是。」

電話彼端傳來鬆了一口氣的聲音。

「我是北東大學的立倉，因為日前無法出席學會，所以拜託上野先生務必讓我影印在學會上發表的資料。如果方便的話，我今天可不可以去拜訪？」

「那倒是沒問題，但發表的資料和冊子上的內容相同，如果是其他資料，我無法憑個人判斷回答妳。」

「不，只要在學會上發表的資料就夠了，冊子上的字縮小了，圖片看不太清楚……」

的確是如此。元木也一直對此感到不滿，希望學會方面能夠改善。

「那好吧，中午過後我比較有空。」

「麻煩你了。」對方的女人說完，掛上了電話。

那個女人一點整從櫃檯打了電話，元木在理工學院專用的大廳見了她。

「不好意思，還麻煩你特地跑一趟。」

當女人打招呼時，元木瞪大了眼睛。她一頭烏黑的頭髮及肩，身材不像日本人，漂亮的嘴唇充滿魅力和知性，雖然戴著眼鏡，但一雙細長的眼睛特別清澈。

——上野這傢伙在哪裡認識她的？

元木有點——不——應該說相當嫉妒。

為了博取好印象，他親自影印了資料，交給了那個女人。女人意想不到親切地道了謝，仔細地確認了每一張。

「對了，我聽上野先生說了那件事。」

那個女人似乎知道上野到飯店後發現資料少了的事，為了和她多說幾句話，元木決定和她聊這個話題。

「喔，妳是說那件事，當時可真是搞得雞飛狗跳啊！」元木口沫橫飛地強調自己費了多大的工夫，才把資料轉寄給上野。

「但上野先生很納悶，當時他絕對把資料統統放了進去。」

「對啊，我們也確認過。」

「缺少的那份資料留在大學嗎？」

「這又是另一件奇事，最後到處都找不到，幸好我們事先影印了好幾份，才沒有耽誤正事，但遺失的那份資料仍然沒有找到。」

「真的太奇怪了。」

那個女人再度道謝，身材姣好的她從椅子上站了起來。元木沒有理由繼續挽留她，又沒有勇氣約她下次見面，只能微微欠身，目送她離去。

回到研究室時，接到上野的電話。元木撇著嘴，把名叫立倉的女人的事告訴了上野。

「你有這種美女朋友，居然瞞著不說，真是太過分了。」

「等、等一下，我不認識這個女人。」

「不認識？怎麼可能，她說認識你。」

「我不認識她，她叫什麼？立倉？好奇怪的名字，我真的不認識。」

「太奇怪了。」元木掛上電話後，不禁偏著頭納悶。

——這個女人到底是誰？

9

直子的頭七結束後，大原家終於恢復了平靜。泰三從書房眺望著窗外，從腹部深處發出重重的嘆息。

——幸好避免了醜聞曝光。

由理子因為深受打擊，在床上躺了好幾天。兩、三天前開始，情況漸漸好轉。她還年輕，隨時有機會重新開始。

她主動提出會拿掉孩子。

關於這件事，泰三已經交代葉山，找個適當的時機極機密地把這事情辦妥。葉山回答說會設法處理，泰三不知道有什麼方法可以處理，但既然要祕密進行，他已經做好了必須破財的心理準備。

泰三突然想到一件事，用對講機找吉江問話。

「由理子去哪裡了？」

「和朋友去逛街了。」

「是嗎？」

「有事嗎？」

「不，沒事。」

他掛上對講機，心滿意足地點點頭。

他在書房打瞌睡時，吉江用對講機找他。

「俱樂部的人說想見您……之前來過的一男一女。」

他命令吉江讓他們進來。

「我正打算聯絡你們，這陣子忙了很多事。」泰三輪流看著走進書房的偵探和他的女助理說。

「我們了解，所以才等到今天。」偵探口齒清晰地說。

「謝謝你們的體諒，關於我之前委託的事，也算是用這種方式解決了，所以可以結束了。接下來，還有費用的問題，希望你們可以列一張必要經費的清單給我……」

泰三以為這就是今天偵探此行的目的，但偵探對他的話充耳不聞，默默地從皮包裡拿出資料。

「這是調查結果。」偵探用沒有感情的聲音說。

泰三看了看那疊報告，又看著偵探，然後，用嚴厲的眼神看著他問：「這是怎麼回事？」

「我剛才說了，這是調查結果。」偵探又重複一遍，「上面記錄了令千金交往對象的調查結果。」

「但是你們應該也知道，已經沒有這個必要了。由理子的男朋友神崎罪有應得，已經付出了代價。」

「您錯了。」

「哪裡錯了？」泰三把報告推回到偵探面前。

偵探瞥了報告一眼，然後，又抬頭看著泰三。

「令千金由理子的交往對象並不是神崎，所以我們今天才會前來報告。」

泰三瞪大眼睛：「你說什麼？」

偵探鎮定自若地翻開第一頁，放在泰三面前。那裡有一張照片，由理子正打算走進某棟公寓的其中一間。

「這棟公寓是……」這棟公寓似曾相識。

泰三抓起資料。

「沒錯，」偵探露出冷漠的眼神說：「是葉山先生的公寓。」

泰三顫抖不已，冷汗順著太陽穴流到了下巴。

「怎麼可能有這麼荒唐的事？」他呻吟道，「一定是搞錯了，由理子只是剛好去他公寓而已。」

「還有其他張照片。」偵探面無表情地說，「比方說，有兩個人一起進飯店的照片，物證要多少、有多少。」

「那……那神崎到底是怎麼回事？難道不是他殺了直子嗎？」

「不是，他也是被人殺害的，直接動手的應該是葉山。」

「這麼說，直子也是被葉山……」

「沒錯。先說結論，這次的事件是由理子和葉山精心策劃的。」

「你在說什麼？由理子和直子是親姐妹。」

泰三氣得站了起來，偵探難過地皺起眉頭看著他。偵探的臉上難得有表情的變化，但很快就收起了表情。

「關於動機問題，容我等一下向您報告，」偵探說：「首先要說明這次計畫的全貌，請您先聽一下我們的分析。」

泰三緊握拳頭，低頭看著偵探，卻一時想不到該說什麼，只能再度坐了下來。

「首先，考慮一下研究室的幾位助理——上野先生和元木先生的證詞。根據他們的證詞，命案發生當天的凌晨一點半左右，上野先生打電話給神崎，卻沒有人接電話，因此懷疑是神崎所為。但是，神崎真的不在家嗎？」

「如果他在家，不是就可以接到電話嗎？」

「通常是這樣，但上野先生遺失的那一頁資料直到今天都沒有找到，離開研究室時，明明把所有資料都放了進去，到飯店時卻發現缺少了。到底在哪裡消失的？這個問題顯而易見。」

「你的意思是在這裡吃飯時不見的嗎？」

「說得更準確一點，就是在吃飯時，被由理子小姐拿走的。」

泰三想要說什麼，卻又把話吞了下去。上野的皮包的確放在另外的房間。

他低聲說了一句：「請繼續。」

「可以從往年的情況推算，上野先生抵達飯店的時間大約在凌晨一點到兩點之間。他一到飯店就會先確認資料，一旦發現有短少，一定會打電話給神崎。幾年前發生相同疏失時，也曾經用這種方式處理。」

「你的意思是，他們料定上野一定會在這個時候打給神崎嗎？但我已經說了，如果神崎在家，怎麼可能不接電話？聽上野說，他打電話時，電話鈴聲響了很久。」

「關於這個問題，我現在向您說明。由理子小姐用這種方式抽掉了資料的一部分，但應該還有其他的配套計畫，就是讓神崎吃了安眠藥。」

「安眠藥？」

「對，只要放進酒或啤酒內，應該可以神不知、鬼不覺地讓他吃下去。」

「你的意思是說，神崎吃了安眠藥，所以聽到電話鈴聲也沒有醒嗎？」

「不，如果安眠藥的藥效這麼強，在神崎回到公寓之前就可能睡著。而且，即使睡著了，也沒有人能夠保證聽到電話鈴聲不會醒來，讓神崎服安眠藥只是為潛入他家裡做準備。」

「潛入他家？他家的門不是鎖著嗎？」

「只要請由理子小姐協助，要打一把備用鑰匙並不是太困難的事。神崎平時經常出入大原家，可以乘某個機會向神崎借鑰匙，把鑰匙壓在模型上就好。至於潛入神崎家的葉山做了什麼事……我現在來回答您剛才的疑問。」偵探輕輕握起右手，做出打電話的動作。「即使打電話的人聽到電話鈴聲，如果另一端的電話不響，當然不會有人接起電話。」

「你是說，他們在電話鈴聲上動了手腳？」

「並不用這麼大費周章，目前的電話線前端都做成插頭式，可以輕鬆地從電話上拔掉。只要拔掉電話線，這麼一來，電話的鈴聲就不會響了。」

「即使對方拔掉了電話線，這裡也會在電話中聽到鈴聲嗎？」

「可以，要不要實驗一下？」

「不，不必了……」泰三也知道自己的聲音有氣無力，他之前根本不知道有這回事。

偵探繼續說：「葉山完成這些工作後，回到自己家裡靜靜等待。然後，輪到由理子開始做準備工作。」

「殺直子的準備工作嗎？」泰三滿面愁容地問。

他的聲音微微顫抖，偵探停頓了一下，簡短地回答說：「是的。」

泰三把頭轉到一旁。

「直子小姐應該沒有走錯房間，遭到殺害時，她應該躺在自己的床上。由理子讓葉山從廁所的窗戶出來後，兩人聯手殺了直子，再把屍體搬回自己的房間。」

泰三肩膀重重一垂，用力吐了一口氣後說：「血不是會濺得到處都是嗎？」

「如果刀子直達心臟造成立即死亡，出血量相當少。如果不把刀子拔出來，出血量更少。」

泰三的喉結動了一下，試圖吞下口水，卻口乾舌燥。

「結束之後，葉山再度潛入神崎家，把電話線插回去，然後回到自己家裡。」

「但是……神崎不是自殺身亡嗎？」

「從狀況來分析是這樣，但很有可能是偽裝成自殺。比方說，假設葉山用備用鑰匙潛入神崎家，當神崎毫無防備地回到家中時，用三氯甲烷把他迷昏，再用偽裝成自殺的方式殺了他。由於對方毫無反抗能力，可以任憑兇手擺布，對身為醫生的葉山來說，在致命傷附近劃幾刀淺傷口根本不費吹灰之力。我們並沒有確切的證據，只是用這個方法證明，推翻自殺說並非不可能。」

泰三抱著頭聽著偵探的話，當他放下手時，馬上挺直了身體，重新在椅子上坐好，直視著偵探，似乎終於決定面對事實。

「請問動機是什麼？」他用和剛才判若兩人的語氣問道。

偵探說：「我們認為，由理子小姐他們首先想要殺的是神崎，直子只是為了殺他而布局的犧牲品……」

「開什麼玩笑，怎麼可能因為這種原因殺自己的姐妹！」

「不，並非只有這個原因，由理子小姐也想殺了直子小姐。自從直子小姐來到這個家後，您的父愛幾乎都投注在她身上，也許是因為您認為讓她吃了十幾年苦的愧疚，才會表現出這種態度。對您來說，直子小姐是您的女兒，但在由理子小姐眼中，只是突然出現在這個家裡、奪走父愛的侵略者。由理子小姐應該從幾年前開始就希望直子小姐消失，直子小姐在您眼中或許像是折疊刀，讓您隨時都小心翼翼，卻完全沒有察覺玫瑰開始長刺。」

「但是……要殺自己的親姐妹……」

「不難理解您會有這個疑問。」偵探用力點頭，「我們也思考了這個問題。無論基於任何理由，能夠輕易下手殺了自己的親人嗎？血緣關係有一種神奇的威力，即使再怎麼恨之入骨，往往因為對方和自己身上流著相同的血就原諒了對方。因此，我們從另一個角度思考了這個問題，這就是——由理子小姐和直子小姐是否真的有血緣關係？」

「你們在胡說什麼？她們當然有血緣關係。」

「您是父親，因此在這種情況下，您無法明確斷言。」

泰三把話吞了下去，的確，身為父親，他的確無法斷言。

「有一個簡單的證據可以讓您同意我們的觀點，雖然在您這位遺傳科學的權威面前說這種話，實在是班門弄斧。」
說著，偵探翻了幾頁資料，問泰三：「您的血型是A型吧？」
泰三點點頭，補充說：「直子和由理子是B型。」
「您說的對，您知道直子小姐母親的血型嗎？」
「知道，她是B型，由理子的母親是AB型。」
偵探低頭看著資料，然後，微微偏著頭。「您搞錯了。」
「搞錯了？哪裡錯了？」
「由理子小姐的母親不是AB型，而是A型，這是去她生由理子小姐的那家醫院調查得到的結果，所以絕對不會錯。」
「由理子……難道不是我的女兒？」
A型和A型的父母不可能生出B型的小孩，這一點千真萬確。
「很遺憾，似乎是這樣。」
「那由理子到底是誰的孩子？難道她母親有其他的男人？」
說到這裡，泰三恍然大悟。二十年前，泰三搶了同事的女朋友結婚，那個同事就是已經去世的菊井副教授。
「該不會是菊井的……」

偵探沒有點頭，只回答了一句：「菊井副教授的血型是B型。」

泰三腦筋一片空白，眼前浮現出二十年前妻子的身影，但很快消失了。他們結婚後一年才生下由理子，這代表妻子在婚後也和菊井來往。這時他才發現，由理子完全不像自己。

「是喔……原來是菊井的女兒。」

「再容我補充一句，神崎曾經在菊井副教授的手下工作。」

「神崎知道由理子不是我的女兒？」

「很有可能，我們猜想他可能把這件事告訴了由理子小姐，當然，由理子小姐之前就可能知道了自己身世的祕密。總之，神崎告訴了她這件事，並威脅恐嚇她。」

「威脅恐嚇？」

「這只是我們想像，不知道他是勒索金錢還是肉體，或者兩者兼有。反正，他對由理子小姐造成了壓力，所以，她必須殺了神崎。整起案件都可以用一條線串起來。由理子小姐不是您的親生女兒，因此，首先必須殺了知情的神崎。除此之外，由理子小姐也痛恨直子小姐。為了同時達到這兩個目的，他們想到了先殺死直子小姐，再嫁禍給神崎的方法。」

「葉山是幫兇……」

「不知道由理子小姐和葉山從什麼時候開始深入交往，應該不是最近。葉山可能試圖藉由和由理子小姐結婚，得到龐大的財產，但想要達到這個目的，由理子小姐必須和大原家有血緣關係，因此，他也有了殺人動機。這起命案發生後，他掌握了您和由理子小姐的把柄，對他來說，無疑是一舉兩得。」

偵探終於說完了，他喝著冷掉的茶潤喉。

泰三坐在椅子上動彈不得，他已經無力站起來，只能發出悽慘的呻吟。

「所以……」他好不容易才擠出一句話，「懷孕的事也是虛構的？」

「應該是的。」偵探的聲音不帶有一絲感情。

「由理子……現在人在哪裡？」

偵探把報告的第一頁再度放在泰三面前，那是拍立得拍下由理子走進葉山公寓的照片。

「您要不要親自打電話證實一下？」

泰三按下電話號碼時，由理子正在葉山的床上漸漸入睡。

連日來，她都夜不成眠。她擔心計畫被人識破，警察第二天就會來找她，這種恐懼揮之不去。

從眼前的發展來看，似乎圓滿成功了，出現在自己面前的每一個人都充滿同情地安慰自己。

她沒有後悔。

她必須殺了神崎，直子也該死。

直子奪走了父親所有的愛。

如果父親得知自己不是他的親生女兒，更會對自己不屑一顧。

自己的所做所為沒有錯——

由理子在葉山的胸前閉上眼睛。

聽到他有規律的心跳。

枕邊放著電話，但電話的插頭拔掉了，所以鈴聲不會響。每次溫存時，他們都會拔掉電話線，沒想到在這次也派上了用場。

泰三仍然握著電話，耳邊的電話鈴聲持續響著。

他始終沒有放下電話。

兩名偵探已經離開了。

天空之蜂

天空の蜂

一架無人操控的超大型直升機被恐怖份子挾持，機上載滿炸藥，於運作中的核能發電廠上空盤旋。他們以全日本國民作為人質逼迫政府就範，眼看著直升機燃料就要耗盡，沒想到，政府居然做出了意想不到的決定……

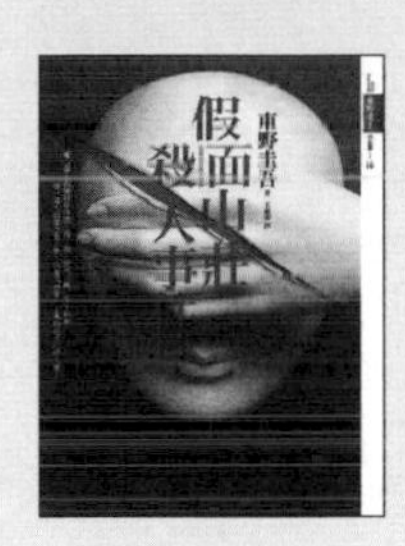

假面山莊殺人事件

仮面山荘殺人事件

逃亡中的銀行搶匪闖入了八名男女聚集的山莊，完全斷絕了和外界的聯繫，八人試圖逃脫，卻皆告失敗。當恐懼和緊張的情緒面臨沸騰時，有人遭到殺害！兇手卻不是銀行搶匪！誰是殺人兇手？又為什麼要殺人？剩下的七人開始相互猜忌，理智面臨崩潰邊緣……

學生街殺人

学生街の殺人

津村光平在學生街的撞球室打工，他的上班族朋友松木突然遭人殺害。在松木遇害前，曾經對光平說：「我討厭這個地方……」緊接著，學生街又發生了一起密室殺人案，兩起案件有沒有關聯？沒想到，最後的真相將直指人心的最黑暗之處……

□集滿4個印花贈品（二款任選其一）：

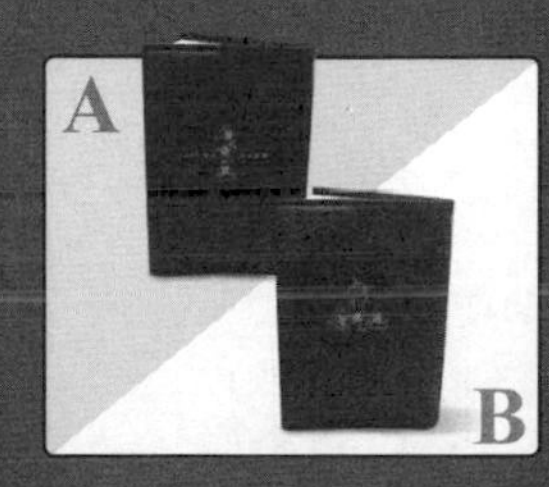

A：【推理謎】LOGO皮質燙銀典藏書套一個
（黑色，25開本適用，限量1000個）

B：【推理謎】吉祥物『獨角獸』圖案皮質燙金典藏書套一個
（咖啡色，25開本適用，限量1000個）

□集滿8個印花贈品（二款任選其一）：

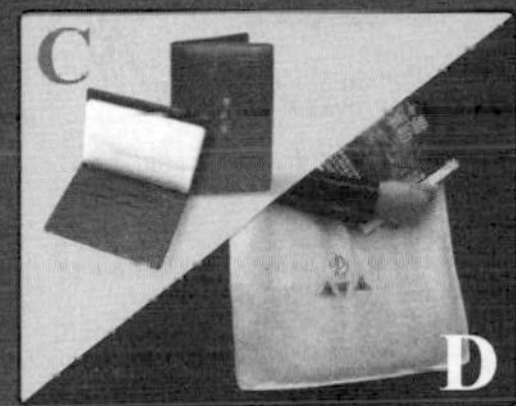

C：【推理謎】LOGO皮質燙金證件名片夾一個
（紅色，11.5cm x 8.6cm，限量500個）

D：【推理謎】吉祥物『獨角獸』圖案環保購物袋一個
（米色，不織布材質，41.5cm x 38.6cm，限量1000個）

□集滿12個印花贈品（三款任選其一）：

E：【推理謎】LOGO不鏽鋼繩鑰匙圈一個
（限量500個）

F：【推理謎】吉祥物『獨角獸』圖案馬克杯一個
（白色，320cc容量，限量500個）

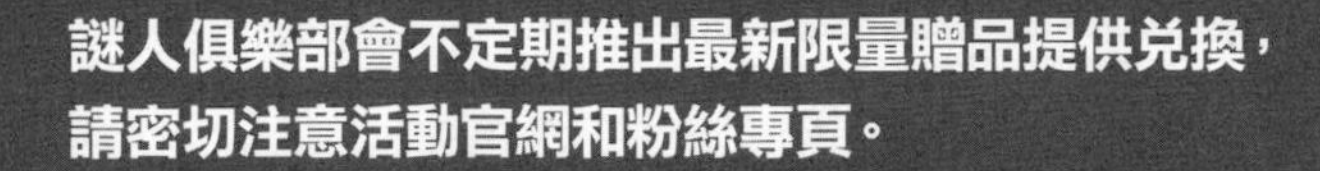

【注意事項】
◎本活動僅限台灣地區讀者參加。
◎贈品兌換期限自即日起至2021年12月31日止（以郵戳為憑）。
◎贈品圖片僅供參考，所有贈品應以實物為準。
◎所有贈品數量有限，送完為止。如讀者欲兌換的贈品已送完，皇冠文化集團有權直接改換其他贈品，不另徵求同意和通知。贈品存量將定期在【謎人俱樂部】活動官網上公佈，請讀者在兌換前先行查閱或直接致電：（02）27168888分機114、303讀者服務部確認。
◎皇冠文化集團保留修改或取消謎人俱樂部活動辦法的權利。辦法如有更動，將隨時在【謎人俱樂部】活動官網上公佈。

國家圖書館出版品預行編目資料

偵探俱樂部 / 東野圭吾著；王蘊潔譯. -- 初版. -- 臺北市：皇冠, 2011.09 面；公分. --
(皇冠叢書；第4160種 東野圭吾作品集；10)
譯自：探偵倶楽部
ISBN 978-957-33-2833-9(平裝)

861.57 100014386

皇冠叢書第4160種
東野圭吾作品集 10

偵探俱樂部

探偵倶楽部

作　　者—東野圭吾
譯　　者—王蘊潔
發 行 人—平雲
出版發行—皇冠文化出版有限公司
台北市敦化北路120巷50號
電話◎02-27168888
郵撥帳號◎15261516號
皇冠出版社(香港)有限公司
香港上環文咸東街50號寶恒商業中心
23樓2301-3室
電話◎2529-1778　傳真◎2527-0904
外文編輯—黃釋慧
美術設計—王瓊瑤
印　　務—林佳燕
校　　對—葉瓊瑄・黃素芬・尹蘊雯
著作完成日期—2005年
初版一刷日期—2011年09月
初版七刷日期—2019年11月
法律顧問—王惠光律師

讀者服務傳真專線◎02-27150507
電腦編號◎527007
ISBN◎978-957-33-2833-9
Printed in Taiwan
本書定價◎新台幣260元/港幣87元

謎人俱樂部贈品兌換卡

我要選擇以下贈品（須符合印花數量）：□A □B □C □D □E □F

1	2	3	4
5	6	7	8
9	10	11	12

【個人資料蒐集、利用及處理同意條款】

您所填寫的個人資料，依個人資料保護法之規定，皇冠文化集團將對您的個人資料予以保密，並採取必要之安全措施以免資料外洩。您對於您的個人資料可隨時查詢、補充、更正，並得要求將您的個人資料刪除或停止使用。

本人同意皇冠文化集團得使用以下本人之個人資料建立該集團旗下各事業單位之讀者資料庫，做為寄送出版或活動相關資訊、相關廣告，以及與本人連繫之用。本人並同意皇冠文化集團可依據本人之個人資料做成讀者統計資料，在不涉及揭露本人之個人資料下，皇冠文化集團可就該統計資料進行合法地使用以及公布。

□同意　　□不同意

我的基本資料

姓名：________________

出生：________ 年 ________ 月 ________ 日　　性別：□男 □女

職業：□學生 □軍公教 □工 □商 □服務業

□家管 □自由業 □其他 ________________

地址：□□□□□ ________________

電話：（家）________________ （公司）________________

手機：________________

e-mail：________________

我對【東野圭吾作品集】系列的建議：

寄件人：

地址：□□□□□

北區郵政管理局登

記證北台字1648號

免 貼 郵 票

〔限國內讀者使用〕

10547

台北市敦化北路120巷50號

皇冠文化出版有限公司 收